HAYMON taschenbuch 185

W0418362

Der Roman spielt im Salzkammergut – im steirischen Ausseerland und im oberösterreichischen Hallstatt. Die örtlichen Gegebenheiten und der historische Hintergrund entsprechen der Wirklichkeit.
Zur Archäologie: Im Bereich des Alten Grubenoffens wird tatsächlich geforscht und dort wurde die beschriebene prähistorische Stiege wirklich gefunden – wenn auch unter anderen Umständen. Der Rest ist Fiktion.
Auch die meisten Menschen der Gegenwart sind frei erfunden.
Dr. Hannes Androsch sowie die Familie Lobisser und ihr Bräugasthof sind allerdings real. Ich danke für das Einverständnis.

FSC® MIX
Papier aus verantwortungsvollen Quellen
FSC® C083411
www.fsc.org

Auflage:
4 3 2 1
2020 2019 2018 2017

HAYMON tb 185

Ungekürzte Taschenbuchausgabe
Haymon Taschenbuch, Innsbruck-Wien 2017
www.haymonverlag.at

© Haymon Verlag, Innsbruck-Wien 2005

Alle Rechte vorbehalten. Kein Teil des Werkes darf in irgendeiner Form (Druck, Fotokopie, Mikrofilm oder in einem anderen Verfahren) ohne schriftliche Genehmigung des Verlages reproduziert oder unter Verwendung elektronischer Systeme verarbeitet, vervielfältigt oder verbreitet werden.

ISBN 978-3-7099-7810-8

Umschlag- und Buchgestaltung nach Entwürfen von hœretzeder grafische gestaltung, Scheffau/Tirol
Umschlag: hœretzeder grafische gestaltung, Scheffau/Tirol
Satz: Da-TeX Gerd Blumenstein, Leipzig
Umschlagfoto: www.shutterstock.com/Boris Stroujko
Autorenfoto: Haymon Verlag

Gedruckt auf umweltfreundlichem, chlor- und säurefrei gebleichtem Papier.

Alfred Komarek

Die Schattenuhr

Roman

Alfred Komarek

Die Schattenuhr

1

Die Nacht wusste nichts mehr anzufangen mit Daniel Käfer, doch der Tag wollte ihn noch nicht haben. So fand er sich in brüchiger Dunkelheit wieder, umgeben von Gerüchen, Geräuschen und Bildern, die er nicht deuten konnte.

Er wollte zurück in den Schlaf, verkroch sich in der Wärme des Bettes. Vom offenen Fenster her strich kühle Luft über sein Gesicht, Herbstluft. Aber es war doch eben erst Sommer gewesen, Sommer und noch einmal Sommer ...

Käfer fröstelte und wachte nun, ohne die Augen zu öffnen, wirklich auf. Er dachte daran, dass dies für lange Zeit sein letzter Morgen im Salzkammergut war. Es gab für ihn keinen vernünftigen Grund, hierzubleiben, nicht einmal einen unvernünftigen. „Sabine", murmelte er in den Polster, „Sabine, du unerbittliche Hüterin meines Fortkommens und meines Wohlergehens. Ich werde es schon noch lernen, dich dafür zu hassen." Er drehte sich auf den Rücken, öffnete die Augen und erkannte im Halbdunkel vertraute Konturen. Für mehr als sieben Wochen hatte er das kleine Zimmer im Bauernhaus der Familie Schlömmer in Sarstein bewohnt. Wie eine freundliche Höhle war es um ihn gewesen.

„Zu freundlich", hatte Sabine eines Tages gesagt, „das wahre Leben sieht anders aus. Und wer sich ihm nicht stellt, ist ein Versager. Hinaus in die Welt mit dir, Daniel!" Dann hatte sie ihn mit energischer Sorgfalt geküsst und in ihren Augen war jener Ausdruck liebevollen Tadels gewesen, den Käfer nur zu gut kannte und der ihn so sehr ärgerte, dass er immer wieder darauf vergaß, sich zu wehren.

Außerdem war es wohl wirklich klüger, endlich aktiv zu werden, statt Träumen und Erinnerungen nachzuhängen. Er brauchte neue Aufgaben, Herausforderungen, denen er sich einigermaßen lustvoll stellen konnte, eine berufliche Zukunft, die zu ihm passte.

Unwillig verließ er das Bett, ging zum Spiegel, schaute in sein zerknittertes Morgengesicht und fuhr mit den Fingern durchs Haar. Er seufzte und ließ die Schultern hängen. Dann öffnete er die Zimmertür. Unten, in der Küche, waren Geräusche zu hören, in den Geruch des alten Bauernhauses mischte sich Kaffeeduft.

„Ganz schön früh dran, unser Zimmergast!" Frau Schlömmer wies einladend auf die Küchenbank. „Er kann's nicht erwarten, wegzukommen, wie?"

„Ach was, im Gegenteil!" Käfer schob einen Stapel Zeitschriften zur Seite und nahm Platz. „Ich hab nicht mehr schlafen können."

Statt zu antworten, machte sich die junge Bäuerin am Herd zu schaffen. Sie trug Jeans und eine karierte Bluse. Die Morgensonne ließ ihre rotblonden Haare leuchten. Käfer sah keinen Grund, einer sentimentalen Regung nicht nachzugeben. Er stand auf, trat hinter sie und legte die Hände auf ihre Schultern.

„Danke für alles!"

Er spürte, wie Frau Schlömmer zusammenzuckte, als wäre sie erschrocken.

„Hab ich was Falsches gesagt?"

Sie wandte sich ihm zu. „Nein. Es ist nur so: Ich vertrag es heute nicht, wenn jemand freundlich zu mir ist."

„Gibt's was mit Ihrem Mann?"

„Mit dem Hubert gibt's immer was. Da kommt er übrigens."

Käfer folgte ihrem Blick und sah die hagere Gestalt Schlömmers in der Tür stehen. Das Gesicht war ausdruckslos, der Hut saß noch ein wenig schräger auf dem Kopf als sonst.

Seine Frau musterte ihn schweigend. Er musterte schweigend seine Frau. Endlich machte er doch den Mund auf. „Hast lang auf mich gewartet in der Nacht?"

Käfer spürte, wie Maria Schlömmer sich an ihn lehnte und ihre Hand über seinen Rücken strich, tiefer und tiefer.

„Mir war nicht fad, Hubert."

„Ach so." Er kratzte sich kurz am Nasenrücken, ging langsam auf die Küchenbank zu und setzte sich.

Als dann das Frühstück auf dem Tisch stand, Milchkaffee, Butterbrote, Käse, Wurst und hausgemachter Apfelsaft, deutete Hubert Schlömmer mit dem Kinn auf Käfer. „Freut's dich also nicht mehr bei uns? Klar. Deine Freundinnen sind ja weg."

„Welche Freundinnen?"

„Die Sabine hat ihre Arbeit in Deutschland draußen, im Gegensatz zu dir. Die Frau Hürsch sitzt in Wien, statt sich in ihrer kalten Villa den Arsch abzufrieren, und die Anna ist in Hallstatt."

„Recht hat sie, Hubert."

„Schon. Lernt jetzt Instrumentenbau in der Holzfachschule. Gibt mehr her, als im Wirtshaus vom Vater den Herrn Käfer zu bedienen. Stimmt's oder hab ich Recht?"

Käfer antwortete nicht und gönnte sich ein paar dunkelblaue Erinnerungen. Dann drängte sich Sabine in seine Gedanken. „Mach dich mit der Anna nicht zum Narren, Daniel", hatte sie gesagt, „sie ist kaum zwanzig."

Sabine, diese ahnungsvolle Lichtgestalt! Musste sie, verdammt noch einmal, immer Recht haben? Er hob trotzig den Kopf. „Es geht mehr um meine berufliche Zukunft. Schon morgen gibt es Gespräche in Wien. Wird sich zeigen, was meine alten Kontakte noch taugen."

„Und bei uns findest du keine Arbeit?"

„Hilfsredakteur in der *Alpenpost* oder was? Arbeitswillige Kreative jeglicher Gattung und Qualität treten hierzulande geradezu inflationär auf."

Hubert Schlömmer zuckte mit den Schultern und schob die leere Kaffeetasse von sich. „Also ich geh jetzt ins Bett."

Seine Frau machte schmale Augen. „Schon wieder?"

Daniel Käfer fing an, für die Reise zu packen. Zwischendurch trat er ans Fenster. Noch lag der Morgennebel über den Wiesen, doch schon malte die Sonne leuchtend bunte Bilder ins Grau. Gipfel und Gletscher des Dachsteins waren nur zu erahnen. Ein strahlender Herbsttag kündigte sich an. Diese Landschaft gab sich doch wirklich alle Mühe, ihm den Abschied schwer zu machen. Ihre Bewohner schienen hingegen durchaus geneigt zu sein, ihm das Dasein im Ausseerland zu verleiden. Käfer dachte ärgerlich an seinen ehemaligen Lieblingsplatz im Kurpark. Dort, wo Traun und Traun ineinander mündeten – die Traun vom Altaussee her und die vom Grundlsee –, wurde nun schon seit Wochen an einer Brücke monströsen Ausmaßes mit ebenso banaler wie aufdringlicher Symbolik gebaut. Aus der Vereinigung zweier Flüsse war damit eine Art Peepshow geworden. Und es gab kaum Proteste, fast alle hatten ihre Freude an dieser bösartigen Wucherung aus Stahlbeton. Verstehe einer die Ausseer.

Käfer schloss das Fenster, packte fertig, schaute sich noch einmal im Zimmer um und ging nach unten.

Seine Gastgeberin war nicht in der Küche. Er fand sie hinter dem Haus bei den Hühnern. „Frau Schlömmer! Ich möchte mich verabschieden. Das heißt, ich möchte nicht. Aber es muss wohl sein."

„Ja dann. Hat's noch ein paar Minuten Zeit?"

„Natürlich."

„Hier, die Bank in der Sonne. Recht so?"

„Und ob!"

Käfer nahm Platz, die Bäuerin setzte sich dicht neben ihn. Käfer blinzelte ins Licht. „Da sitzen wir also wie Philemon und Baucis."

„Wer ist das schon wieder?"

„Altgriechisches Ehepaar. Sinnbild für lebenslängliche Liebe und penetrante Harmonie."

„Also gehn S', Herr Käfer! Nichts für ungut übrigens wegen dem Theater in der Küche vorhin. Aber der Hubert hat's gebraucht."

„Verstehe."

„Nichts verstehen Sie. Er ist ein wilder Hund. Von allem zu viel, im Schlechten wie im Guten. Wir haben verdammt viel Spaß miteinander, wenn wir uns nicht gerade hassen. Sie und die Sabine sind ja auch kein kreuzbraves Paar, wie's ausschaut."

„Hm."

„Na sehen Sie. Was ich noch sagen wollte: Ich bin auch aus einem anderen Grund erschrocken, als Sie mir in der Küche nähergekommen sind. Es funkt, wenn Sie mich angreifen. Es kribbelt im Nacken."

„Darf ich es als Kompliment nehmen?"

„Meinetwegen. Kann ja nichts Gefährliches draus werden."

„Nein?"

„Wahrscheinlich nicht."

„Heinrich Heine hat geschrieben, dass man anständige Frauen zu den unterhaltsamsten Sünden verleiten kann, wenn man verspricht, anschließend abzureisen und nie mehr wiederzukommen – garantiert."

„Ich bin aber keine anständige Frau."

„Das wäre natürlich ein Grund zu bleiben."

„Aber nicht wirklich?"

„Nein. Die Sabine hat schon Recht. Ich muss was tun."

„Dann tu was. Und sag gefälligst Maria zu mir."

Daniel schaute Maria an, Maria schaute Daniel an. Dann lachten beide lauthals, fielen einander in die Arme und ließen schnell los.

Vor dem Haus stand Käfers ehemaliges Studentenfahrzeug, ein 2 CV. Er hatte die Ente nach vielen autolosen Jahren für die nostalgische Reise ins Land seiner Kinderferien wieder in Betrieb genommen. Offenbar war sein Spieltrieb trotz der Beziehung zu einer so eindrucksvoll erwachsenen Frau wie Sabine erstaunlich intakt geblieben.

Käfer startete, fuhr rasch los. Er wollte es vermeiden, Frau Schlömmer, ach was, die Maria noch einmal zu sehen. Aber dem Ausseerland konnte er ja doch nicht so einfach und ohne Ehrenrunde den Rücken kehren. Also fuhr er noch einmal die steile Straße ins Ortszentrum hinunter, hielt aber nicht an, um sich den Anblick der neuen Brücke zu ersparen.

Die theatralische Welt der Villen in Praunfalk, Altaussee, Grundlsee ... In Obertressen angekommen, überlegte Käfer kurz, ob er seinen Freund Toni aufsuchen sollte. Unsinn: Als Lehrer war er an einem Montagvormittag bestimmt in der Schule. Außerdem war es lächerlich, so zu tun, als ob er diese Gegend unter bedeutsamen Umständen für immer verlassen würde.

Er dachte mit einigem Unbehagen an den nächsten Tag. Schon um neun Uhr war ein Treffen mit Wendelin Breit vereinbart, Chefredakteur gewesen wie Käfer auch, heute freiberuflich mit der Entwicklung neuer Medienprodukte befasst, wenn ihm die Leidenschaft für sehr alte Malt Whiskys Zeit dafür ließ. Früh am Vormittag war er zwar gewöhnlich nüchtern und daher übler Laune, doch manchmal für konstruktive Überlegungen zu haben, während mit fortschreitender Tageszeit seine Gedanken ins Visionäre gerieten, bis sich dann spätnachts jene präzise Klarheit einstellte, die seine Umgebung, vor allem aber ihn selbst, immer wieder ehrfürchtig staunen ließ.

Zum Mittagessen hatte sich Käfer mit Valerie Stark verabredet, deren Leistung als Autorin er früher nicht weniger bewundert hatte als ihre Fähigkeit, geradezu horrende Honorare auszuhandeln. Valerie war aber nicht nur ein sehr überzeugendes Beispiel für den siegreichen Überlebenskampf auf dem freien Markt, sie war auch als Verschwenderin exemplarisch. Habgier, Unvernunft und wonnige Wollust, pflegte sie zu postulieren, gehören zu jenen Todsünden, die es geradezu erstrebenswert machen, dereinst liederlich jauchzend zur Hölle zu fahren.

Der Abend sollte dann Susanne und Walter Bienert gehören, einem biederen Paar, das sich mit unverhohlenem Vergnügen bizarren Projekten, routinierten Exzentrikern, gelangweilten Provokateuren und aufgeregten Promis widmete. Die beiden betrieben seit Jahren erfolgreich eine Agentur für Kulturvermittlung, Schwerpunkt Avantgarde, und waren virtuose Spezialisten im Lukrieren von Förderungen, Sponsorgeldern und Sonderbudgets.

Käfer war wieder im Ortszentrum von Aussee angelangt. Er musste sich eingestehen, dass seiner Abreise nichts mehr im Wege stand. Aber er konnte doch wenigstens auf die glatte Verfügbarkeit der Pötschenstraße verzichten und stattdessen den schmalen, steilen Weg über den Koppenpass nehmen. So gelangte er auch nach Hallstatt, wo ihm ganz zufällig die Anna über den Weg laufen konnte. Außerdem ergab sich die Gelegenheit für einen kurzen Halt am Ausseer Bahnhof. Er hatte dort zwar nichts zu suchen, aber vielleicht gab es etwas zu finden. Weiß der Teufel, warum es ihn noch immer an die Schauplätze seiner Bubenträume zog.

Käfer betrat das Stationsgebäude, kaufte Tageszeitungen und ging hinaus auf den Bahnsteig, eingerahmt von verschnörkeltem Gusseisen und Efeu. Von Obertraun her fuhr langsam ein Lokalzug ein.

Nur wenige Fahrgäste stiegen aus. Einer, ein junger, sportlich wirkender Mann mit blonder Stoppelfrisur, blieb wartend vor dem Güterwaggon stehen und nahm dann ein Kajak entgegen. Käfer näherte sich interessiert. „Darf ich wissen, was Sie damit vorhaben?"

„Gute Frage!" Sein Gegenüber grinste und hob dozierend den Zeigefinger. „Was sehen wir hier?"

„Ein Boot."

„Exakt. Und was plätschert am Bahnhof vorbei?"

„Die Traun."

„Und was folgern Sie daraus, mein lieber Watson?"

„Sie haben eine Höllenfahrt durch die Koppenschlucht vor, Holmes."

„Von wegen! Wird eine viel zu beschauliche Wasserfahrt werden. Im Gegensatz zum Frühjahr, wenn der Schnee schmilzt. Da geht's ziemlich lustig zu."

„Fahren Sie jetzt gleich los?"

„Ja."

„Das schau ich mir an! Soll ich tragen helfen?"

Der junge Mann hob das Boot schwungvoll auf die rechte Schulter. „Nein, danke. Sie schleppen schwer genug an Ihren Zeitungen, edler Greis."

2

„Edler Greis! Frechheit. Schnell fertig ist die Jugend mit dem Wort."

„Schiller, *Wallensteins Lager*, nicht wahr?"

„Erstaunlich."

„Warum? Ich beherrsche den aufrechten Gang und habe das Alpindodeltum eben erst erfolgreich hinter mir gelassen. Gerd Gamsjäger mein Name."

„Daniel Käfer, der mit dem Magazin *IQ* – wird Ihnen kein Begriff sein, nehme ich an."

„Zufällig doch. *IQ*, Kampfblatt für extrem lustvolle Hirnwichserei ..."

„Na ja."

Gamsjäger rempelte Käfer mit der Schulter an. „Wann geht eigentlich Ihr Zug?"

„Nie. Ich fahre mit dem Auto weg."

„Vom Bahnhof?"

„Mehr oder weniger fahrplanmäßig."

„Logisch. Mit welchem Auto? Lassen Sie mich raten ... an sich hätte ich auf einen Siebener BMW getippt, Potenzprothese, Sie verstehen?" Ein rascher Seitenblick traf Käfer. „Aber in Ihrem Fall ... ein alter Mini?"

„Knapp daneben. Eine Ente."

„Fast noch besser."

Die beiden gingen am Straßenrand das Traunufer entlang. Gerd Gamsjäger beobachtete seinen Begleiter interessiert. „Was haben Sie denn? Suchen Sie was am anderen Ufer?"

„Nichts Bestimmtes. Diese kleinen Höhlen im Steilhang – als Kind hab ich mich dort wie ein kühner Forscher im geheimnisvollen Inneren des Berges gefühlt."

„Und jetzt sind Sie aus Ihrer Kinderwelt herausgewachsen. Passiert uns allen. Aber ich kann Sie beruhigen: Es gibt im Salzkammergut auch Höhlen für Ihre aktuelle Konfektionsgröße. So, wir sind da. Hier ist eine gute Stelle."

„Viel Vergnügen! Ich beneide Sie ein wenig."

Schon schaukelte das Kajak in der Strömung. Gamsjäger hielt es mit einer Hand fest, schwang sich geschickt ins Boot und schaute lachend über die rechte Schulter zurück. Daniel Käfer winkte und ging zu seinem Auto. Er fühlte sich ziemlich alt.

Ja, und er wollte auch nicht wirklich nach Wien. Großartiges war da nicht zu erwarten: viel „selbstverständlich" und „natürlich", viel „klar, alter Freund und Mitstreiter", viel „wäre doch eine Schande, wenn gerade du nicht" und wenig Konkretes.

Die Straße über den Koppenpass stieg gleich nach dem Bahnübergang ein kleines Stück steil an. Ein paar kurvenreiche Kilometer folgte sie hoch über der Traun dem bewaldeten Berghang des Zinken. Käfer fuhr noch langsamer, als es den schwachen Kräften seines altmodischen Fahrzeuges entsprach. Nach der Grenze zwischen der Steiermark und Oberösterreich, noch bevor sich der Fahrweg in engen Kehren talwärts senkte, hielt er an und stieg aus. Jetzt, kurz vor Mittag, wärmte die Sonne recht kräftig und weckte die Gerüche des Waldes auf, Nadelbäume, Harz, Moos, Pilze. Käfer atmete tief. Er ging ein paar Schritte, schaute zur Traun hinunter, die sich als lebhaft bewegtes, smaragdgrünes Band in die Schlucht zwängte, ließ seine Blicke über die Schuttkegel und Felsabstürze des Sarsteins klettern, bis hinauf zum Gipfelgrat und in den Himmel darüber, ein paar hohe Wolken im spröden Herbstblau.

Der Sommer hatte eben erst angefangen, als Käfer ins Ausseerland gekommen war, seine Träume waren jung gewesen, die Gedanken leicht und übermütig.

Jetzt unternahm er eine elegische Reise in den Herbst. Unsinn. Nach einer verspielten, versponnenen Zwischenzeit brach er zu neuen Ufern auf. So musste man das sehen, so und nicht anders.

Wieder im Auto schlug Käfer die Fahrertür dermaßen energisch zu, dass sich wieder einmal das Klappfenster löste und gegen den Ellenbogen prallte. Der harmlose Schmerz hob seine Laune. Er fuhr so rasch talwärts, wie es die Bremsen gerade noch erlaubten, und nahm die Kehren mit quietschenden Reifen.

Unten, neben dem Traunufer, stand ein großes Wirtshaus. Im Garten davor saß Gerd Gamsjäger. Käfer bremste.

„Was ist? Zwischenlandung?"

„Die Strecke von hier bis nach Hallstatt ist zu langweilig. Ich warte auf den Zug. Trinken Sie was mit mir?"

„Na klar! Übrigens nehme ich Sie gerne in meiner Ente mit."

„Und das Kajak?"

„Schieben wir durchs offene Dach."

„Hm. Könnte sich ausgehen." Gamsjäger blickte himmelwärts. „Aber es schaut verdammt nach Regen aus."

„Wir werden's aushalten, oder?"

„Tolles Auto!" Gerd Gamsjäger zog sich am oberen Rand der Windschutzscheibe hoch und schob den Kopf durch das offene Dach. Dann ließ er sich in den Sitz fallen und betätigte ein großes Handrad. „Was kann denn das?"

„Öffnet eine Lüftungsklappe. Hat nicht jedes Auto. Wohin soll's übrigens gehen?"

„Nach Hallstatt bitte. Und der *IQ* ist wirklich abgemurkst worden? Affenschande, das!"

„Ganz meine Meinung. Und jetzt bin ich nach Wien unterwegs, was Neues suchen. Freier Mitarbeiter in der Schrebergartenrevue oder so. Was machen denn Sie eigentlich?“

„Alles. Hochgebirgs-Animateur mit Tiefgang, Landschaftsvermittler und Kulturverführer, Dampfplauderer und Schweigemönch. Zwischendurch arbeitslos.“

„Ah ja. Es tröpfelt übrigens schon.“

„Dabei wird es nicht bleiben. Sollen wir uns nicht lieber unterstellen? Ich kenn einen Stadl ganz in der Nähe.“

„Also von mir aus nicht.“

„Jetzt spielen Sie aber den lockeren Typen, was? Und morgen sind Sie dann ein Pflegefall.“

„Meine Hinfälligkeit hält sich noch in Grenzen. Teufel! Jetzt schüttet es aber ganz ordentlich.“

„Nässer als nass geht's wenigstens nicht.“

„Abwarten, Herr Gamsjäger. Im Gegensatz zu oben ist die Ente unten ziemlich dicht. Bald steht uns das Wasser bis zu den Knöcheln. Na ja, lange dauert es nicht mehr.“

Beide schwiegen, dann summte Käfer, fest entschlossen guter Laune zu sein, eine passende Melodie. Sein Mitfahrer stutzte. „Den uralten Hadern kenn ich aus der Musikbox im Terrassencafé *Polreich. I'm singing in the rain ...*“

„Jaja, Frank Sinatra, mein Lieber!“ Käfer stimmte ein.

So ging die Reise unter beherztem Chorgesang bis zum Schranken, der die Uferstraße durch Hallstatt versperrte. Gamsjäger reichte Käfer ein Plastikkärtchen. „Damit kommen wir hinein, wir parken auf dem Landungsplatz.“

Käfer war lange nicht mehr hier gewesen. Aber natürlich war ihm Hallstatt vertraut, eine enge, ernste Welt, zwischen Berg und See gezwängt. Dieser Ort hatte auf ihn immer wie ein archaischer Klotz im Strom der Zeit gewirkt. Daran änderte auch die flüchtige Neugier der vielen Fremden nichts. Der Regen hatte die meisten Besucher in die Gaststuben gescheucht. Graue Schwaden wehten über den See, die Bootshäuser hockten plump und düster am Ufer und die alten Gebäude am Steilhang wirkten noch abweisender als sonst.

„So, wir sind da." Gamsjäger schüttelte sich wie ein nasser Hund. „Sie kommen natürlich mit mir ins Haus. Haben Sie überhaupt etwas Trockenes mit zum Umziehen?"

„Ausseer Trachtengewand."

„Schrecklich. Kommen Sie, es ist nicht weit. Und die paar Stufen sind auch für ältere Herren kein Problem."

„So, Herr Käfer, schon sind wir auf dem Oberen Weg. Eigentlich ist er nach Dr. Friedrich Morton benannt. War ein bekannter Naturforscher hier. Uns Einheimischen ist das zu kompliziert. Wir bleiben lieber bei der alten Bezeichnung. Und sehen Sie das kleine Haus da an der Felswand? Das ist es."

Käfer betrachtete das Gebäude interessiert. Das Erdgeschoss mit seinen zwei schmalen Fensterluken war aus Bruchsteinen gemauert. Darauf saß ein dunkler, aus Holz gezimmerter erster Stock unter einem mit Brettern gedeckten Giebeldach. Vom Oberen Weg führten weitere Stufen hinauf zur Haustür. Davor gab es auf einem Felsplateau ein kleines hölzernes Dach. Gerd Gamsjäger verstaute sein Kajak und klopfte kräftig. „Meine Mutter mag's nicht, wenn ich plötzlich im Zimmer steh."

Von außen hatte das Gebäude klein, aber durchaus wohnlich gewirkt. Kaum war Käfer eingetreten, sah er, wie beklemmend eng es war. Die Felswand an der Rückseite ließ offenbar nur sehr schmale Räume zu.

Steile Treppen führten nach oben und unten. Es roch feucht hier, ein wenig modrig.

Eine Tür wurde geöffnet. „Gerd? Du?"

„Ja. Mutter, ich. Und noch einer."

Im Licht, das aus dem Zimmer kam, wurde eine schlanke, dunkel gekleidete Frau sichtbar. „Das ist einer zu viel." Sie trat auf ihren Sohn zu. „Du bist nass bis auf die Haut. Da wird der andere auch nicht grad trocken sein. Ich geh in die Küche und ihr könnt euch im Zimmer umziehen."

Gerd kramte in einem Kasten. „Da ist mein Jogging-Anzug. Den können Sie gerne haben und ich erspare mir den Anblick eines volkstümlich maskierten Ausländers."

„Danke." Ein wenig verlegen stieg Käfer aus der Hose. „Tut mir leid, dass ich Umstände mache. Und eigentlich sollt' ich schon wieder im Auto sitzen. Der erste Gesprächstermin ist morgen um neun."

Gamsjäger, nunmehr in einen Bademantel gehüllt, schaute seinem Gast grinsend ins Gesicht. „Termine! Davon wird's noch mehr als genug geben in Ihrem bedeutsamen Leben. Morgen ist Schönwetter angesagt. Ein frisch gewaschenes Hallstatt, ein blank polierter Himmel darüber und der See wie ein kostbarer Spiegel davor, so klar, dass Sie nicht sagen können, wo der Bergwald aufhört und sein Bild auf dem Wasser anfängt."

Käfer zögerte. Dann klopfte es an der Tür und Frau Gamsjäger trat ein. „So, die Herren. Tee mit Kalmusschnaps. Bitter und gesund, wie vieles im Leben. Zu Tisch bitte." Sie schaute ihren Gast an. „Und?"

Ihr Sohn antwortete für ihn. „Daniel Käfer heißt er. Ein sehr bekannter Zeitungsmensch. Na ja, bekannt ist er noch immer, aber seine Zeitschrift haben sie eingestellt. Er hat mich und das Boot in seinem Auto mitgenommen."

„Was will er von dir?"

„Nichts. Aber ich versuche ihm gerade einzureden, heute und morgen in Hallstatt zu bleiben."

„Und die Nacht über?"

„Im Schlafsack unter dem Dach. Er ist nämlich so eine richtige Abenteurernatur. Auch wenn man ihm das ganz und gar nicht ansieht."

Die Frau hob die Schultern und schaute Käfer fragend an. Sie hatte ein ernstes, markant geschnittenes Vogelgesicht mit tiefschwarzen Augen.

Käfer zögerte noch immer. „Also, ich war doch gerade erst dabei, Vernunft anzunehmen."

Der junge Mann war aufgestanden und schaute in den Regen hinaus. Dann kam er wieder zum Tisch. *„Vernunft ist manchmal nichts anderes als der Mut zur Feigheit.* George Bernard Shaw. Und bevor Sie mich für einen gebildeten Menschen halten: Ich habe mir nur ein paar eindrucksvolle Zitate und Pointen angelernt. Kann ich beruflich gut brauchen."

„Da möchte ich nun aber Näheres darüber erfahren!"

„Gut, ich muss ein wenig ausholen. In Hallstatt ist es verdammt schwierig, den Lebensunterhalt zu verdienen. Ein paar Arbeitsplätze im Bergwerk, in der Fischerei und in der Holzfachschule. Eine viel zu kurze Sommersaison für den Fremdenverkehr. Und das war's auch schon. Ich wollte aber nicht weg, als ich fertig war, mit der Hauptschule. Hallstatt fasziniert mich, macht mich süchtig. Und die Mutter braucht einen Mann im Haus."

„Das sagst du." Um ihre Augen war ein kaum wahrnehmbares Lächeln.

„Seit wann wissen Frauen, was sie brauchen? Na, jedenfalls war es so: Einen passenden Beruf hat es für mich nicht gegeben, also hab ich einen erfunden. Ich inszeniere Erlebnisse, und zwar solche, die nicht jeder dahergelaufene Reiseführer anbietet. Mit mir können Sie als Erzherzog Johann auf den Dachstein – und zwar in der exakt rekonstruierten Originalausrüstung, mit Stock und Zylinder – oder als Friedrich Simony. Dem Herrn Professor ist immerhin die erste Winterbesteigung gelungen. Wie wär's mit einer Zeitreise in die letzten Tage des Zweiten Weltkrieges, unterwegs auf abenteuerlichen Pfaden zu den Verstecken der Widerstandskämpfer? Möchten Sie auf den Meter genau die historische Grenze des habsburgischen Salzkammergutes abwandern? Oder auf dem Wasser den Weg der Salzschiffer nachvollziehen, von Hallstatt bis zur Mündung der Traun in die Donau? Ich führe Sie auf den Spuren von Literaten, Malern oder finsteren Mordgesellen. Ja, und so weiter. Je mehr mir einfällt, desto kürzer werden die Pausen, in denen ich meine eigene Freizeit totschlagen muss, wie zum Beispiel heute. Ja, und morgen ... Lassen Sie sich überraschen, edler Greis."

„Klingt interessant und meine Lust, nach Wien zu fahren, hält sich offen gesagt in Grenzen. Also, wenn ich wirklich bleiben darf ... ich sollte allerdings die Termine von morgen verschieben. Kann ich telefonieren?"

„Sie haben so etwas nicht?" Gamsjäger schob sein Handy über den Tisch. „Aber Sie müssen die Gespräche bezahlen. Wir brauchen das Geld."

Frau Gamsjäger hob ihre Teetasse, trank und lächelte. „Natürlich kostet auch die Übernachtung was. Und wenn es durchs Dach regnet, verrechne ich Fließwasserzuschlag."

3

Gerd Gamsjäger war vorausgegangen. „So, fertig, Ihr Quartier für die Nacht: Schlafsack, Nachttischlampe und der *Traunspiegel* als Bettlektüre – das oberösterreichische Gegenstück zur *Alpenpost*. Kein offenes Licht hier oben, wenn ich bitten darf! Aber Sie rauchen ja nicht. Ab halb acht Uhr können Sie ins Badezimmer. Frühstück um acht. Finden Sie aufs Klo?"

„Ja."

„So ist es recht. Bis morgen also."

„Bis morgen ..."

Die mit Holzzapfen verbundenen Balken der Dachkonstruktion waren wohl sehr alt. Der Fußboden bestand aus massiven Brettern, krumm, abgetreten und glänzend blank. Über das Glas eines winzigen Fensters rann Regenwasser, die Tropfen trommelten leise aufs Dach, Wasser plätscherte in der Regenrinne.

Käfer grübelte behaglich vor sich hin und kam zum Ergebnis, dass er kein schlechtes Gewissen zu haben brauchte. Diese Nacht unter dem Dach war schon einmal ein rares Erlebnis und mit Geld nicht zu bezahlen. Und auf den kommenden Tag in Hallstatt freute er sich erst recht.

„So, die Herren, Kräutertee nach Art des Hauses: blutreinigend, verdauungsfördernd und gut für die Manneskraft." Frau Gamsjäger stellte eine Kanne aus buntem Steingut auf den Tisch. „Was hast du vor, Gerd?"

„Ja, das ist so ... allein wüsst' ich schon, was zu tun wär'." Er schaute zum Fenster hin. „Die Sonne scheint, die Thermik passt. In zwei, drei Stunden hängt der Himmel über dem See voller Paragleiter und Drachenflieger. Da wär' ich ganz gern dabei."

Käfer nahm einen vorsichtigen Schluck. Der Tee schmeckte seltsam, doch gar nicht übel. „Sie lassen aber auch nichts aus!"

„Stimmt. Und meine Mutter, die gute Seele, sieht das mit einigem Unbehagen. So nebenbei gesagt: Ich mache natürlich auch Tandem-Flüge. Aber vermutlich treibt Ihnen allein der Gedanke daran den kalten Angstschweiß auf die Stirn."

„Allerdings. Andererseits: Das muss ja ein unglaubliches Erlebnis sein. Sie meinen, ich könnte es wagen?"

„Da habe ich so meine Zweifel, edler Greis."

„Von wegen! Ich bin Bergwanderer und schwindelfrei. Na ja, so gut wie."

Gamsjäger warf ihm einen langen abschätzenden Blick zu. „Zwischen Wollen und Können ist ein verdammt großer Unterschied. Und wenn Sie die Panik kriegen, gefährden Sie uns beide."

Käfer schwieg lange. Dann trank er seine Tasse mit einem Schluck leer. „Das Risiko ist doch abschätzbar, oder?"

„Ja, schon. Mit ein paar blauen Flecken müssen Sie aber auf jeden Fall rechnen."

„Soll mir recht sein."

Frau Gamsjäger stand mit einem Ruck auf. Ihr Gesicht war ausdruckslos, sie ließ die Arme hängen und hatte die Hände zu Fäusten geballt. „Was hat sich Gott bloß dabei gedacht, als er den Mann geschaffen hat? Wahrscheinlich nichts. Er ist ja auch einer."

Sie betrachtete ihren Sohn, als wollte sie etwas zu ihm sagen, schüttelte dann aber stumm den Kopf und verließ das Zimmer.

Gerd schaute nachdenklich zur Tür. „Wir nehmen Ihre Ente. Ich habe kein Auto. Ist finanziell einfach nicht drin."

„Von wo geht's los?"

„Vom Dachstein. Krippenstein, um genau zu sein. 1700 Meter Höhenunterschied. Geht's Ihnen noch immer gut?"

„Äh ... ja, so halbwegs. Was brauchen wir alles?"

„Den Gleitschirm natürlich, windfeste Jacken, Laufschuhe und Lederhandschuhe, damit wir uns nicht an den Seilen verletzen. Ja, und dann Helme. Wäre doch ewig schade, wenn einer der besten Köpfe der Nation einen Knackser hätte."

Langsam fuhr Käfer das Ufer entlang. Sein Mitfahrer blickte gut gelaunt um sich. „Malerisch, dieses Ortsbild, nicht wahr? Eingezwängt zwischen See und Fels, vielfach verschachtelt und gestaffelt. Ist aber nicht das Werk von irgendwelchen Schöngeistern. Das beinharte Gewinnstreben der Salzwirtschaft hat diesen Ort in unwegsamer Einöde entstehen lassen. Hier, nahe am Bergwerk und mit dem See als Transportweg vor der Tür, war einfach die richtige Stelle für eine Arbeitswelt, die möglichst reibungslos und kostengünstig funktionieren sollte. Außerdem wurde mit den Häusern auf dem schmalen Streifen Schwemmgrund und am Felshang kein fruchtbares Land verbaut. Die Frage, ob es hier leicht zu bauen und angenehm zu leben war, hat sich in Hallstatt nie gestellt."

Käfer, an sich interessiert, hörte nicht richtig zu. Dann stutzte er. „Darf ich schnell einmal anhalten?"

„Gern, aber warum? Ach so! Die Anna!" Gamsjäger grinste ihr durchs offene Fenster entgegen. Sie gab ihm einen schnellen Kuss auf den Mund. Was hast du mit dem da vor, Gerd? Grüß dich, Daniel!"

„Paragleiten vom Krippenstein nach Obertraun."

„Da wünsch ich euch viel Spaß! Und ich versprech dir: Jeden Sonntag bekommt ihr frische Blumen aufs Doppelgrab."

„Du bist ganz lieb, Anna!"
„Schon."
Kaum eine halbe Stunde später waren die beiden an der Talstation der Dachstein-Seilbahn angelangt. Käfer war ganz froh darüber, dass er bis jetzt kaum dazu gekommen war, über sein Vorhaben nachzudenken.
„Auf geht's!" Gamsjäger legte ihm die Hand auf die Schulter. „Ab sofort sagen wir du. Das strafft später die Konversation in der Luft. Ich kümmere mich um die Ausrüstung und du hast die Ehre, Liftkarten zu besorgen. Wir fahren ganz hinauf. Bei der Mittelstation steigen wir um. Oben sind es dann nur ein paar Minuten bis zum Startplatz."
Als sie die Bergstation verließen, fuhr Käfer eiskalter Wind ins Gesicht. Gerd ging voran. Einmal wandte er sich um.
„Bauchweh, Daniel?"
„Ja."
Der Startplatz am Krippenstein war eine steil abfallende, steinige Wiese mit ein paar schütteren Latschen. Gerd wies in die Runde. „Na, ist das ein Panorama? Bis zum Schafberg siehst du von hier, zum Toten Gebirge hinüber und auf den Hohen Dachstein. Je nach Wind werden wir in nördlicher oder nordöstlicher Richtung starten. Schau dich in Ruhe um. Ich breite erst einmal den Schirm aus."
Käfer tat, wie ihm befohlen, war aber nicht ganz bei der Sache. Ein wenig ungeduldig wartete er dann neben dem Gleitschirm. Endlich war Gerd so weit. „Jetzt schnallen wir uns an. Du bist mehrfach gesichert, an mir und am Schirm."
„Was muss ich tun?"
„Dich nach vor beugen, rennen und nochmals rennen, so schnell du kannst, auch wenn wir schon ab-

heben. Wir haben dann vermutlich noch ein paarmal Bodenberührung und da heißt es Tempo halten. Wenn wir dann so richtig gleiten, sitzt du in einem Tragegurt, ähnlich wie Babys beim Laufenlernen. Ich werde versuchen, dich ohne Mätzchen so ruhig wie möglich hinunterzubringen. Zwanzig, fünfundzwanzig Minuten werden wir in der Luft sein, inklusive Ehrenrunde über dem Hallstätter See. Vor der Landung in Obertraun sind aber ein paar aufregendere Flugmanöver nicht zu vermeiden. Und dann: Beine nach vor anstemmen, Füße aufstellen, mit den Fersen bremsen und mit dem Hintern auch. Alles klar?"

„Ja, schon ..."

„Na, dann los."

Gerd schob ihn talwärts, Käfer rannte, so gut er konnte, dann hob der Schirm ab. „Nach vor, Daniel, leg dich nach vor, verdammt!" In diesem Augenblick drückte Seitenwind den Schirm zu Boden. Käfer geriet in Panik und wollte mit den Füßen bremsen. Die Männer stolperten, fielen hin und rollten über die harte Wiese, bis sie in den Latschen liegen blieben. „Was hab ich gesagt? Rennen!" Gerds Stimme klang zornig. „Also, ich bin dafür, dass wir das Affentheater abbrechen."

Käfer spürte Bitterkeit im Mund und senkte den Kopf. „Entschuldige. Ein Versuch noch? Bitte!"

„Also gut. Zurück an den Start."

Diesmal nahm Käfer sich zusammen, rannte und strampelte, als wäre es die höchste Lust, sich in den bodenlosen Abgrund zu werfen. Endlich spürte er, dass sie schwebten. Nein, sie fielen, fielen haltlos! Oder doch nicht? Unendlich tief unter sich sah Käfer den Hallstätter See.

Dann hörte er Gerd schreien. „Wie geht's dir?"

„Beschissen!", schrie Käfer zurück. „Monumental großartig beschissen!" Die Angst blieb bei ihm, mischte sich aber mehr und mehr mit ungestümer Faszination. Sein Gesicht schmerzte in der eiskalten Luft, die Augen tränten und irgendwo zwischen Magen und Kopf drängten Übelkeit und Schwindel an die Macht. Doch die Lust zwang sie nieder. Jetzt neigte sich der Schirm für eine sanfte Kurve, Aufwind erfasste ihn und Käfer fühlte sich übergangslos geborgen, ein Reisender in den Lüften. So hoch und leicht schwebte er über der Landschaft, dass es ihm höchst unwahrscheinlich schien, dort unten je wieder schwerfällige Schritte zu tun. Er schaute, schaute und wurde nicht satt.

Allmählich sah er See und Ufer aber doch näher kommen. Das Hochgefühl verflog, Käfer spürte, wie sich sein Körper verkrampfte. Als er die Wiese dicht unter sich sah, schlug ihm das Herz bis zum Hals. Der Aufprall bei der Landung war noch härter, als er es sich vorgestellt hatte. Ein scharfer Schmerz in den Beinen, dann holperten Gerd und er über den harten Grund, fielen hin, rutschten liegend weiter und kamen endlich zur Ruhe. Die zwei standen auf, Gerd schnallte seinen Partner los. „Na, der Herr?"

„Ich bin überwältigt. Und wider Erwarten am Leben."

„So soll es sein. Hunger?"

„Wird sich schon wieder einstellen, nach einem großen Schnaps."

„Lässt sich machen. Ich rufe meine Mutter an, sie soll Reinanken braten. Wird nicht ganz billig für dich werden. Aber das sollte ein wiedergewonnenes Leben doch wert sein."

„Natürlich."

Nach dem Essen bat Käfer um Verständnis dafür, dass er am Nachmittag allein sein wollte. Sein Gastgeber lächelte. „Versteh ich. Du willst mit dir ins Reine kommen und mit deinen neuen Flügeln."

„Ja. Am Abend sehen wir einander wieder. Darf ich noch eine Nacht bleiben?"

„Solange du willst und zahlst."

„Danke!"

Käfer schlenderte zum Marktplatz hinunter, dessen schräge Fläche sich zum Seeufer hin absenkte, wo die große evangelische Pfarrkirche stand. Ihre schlanke Turmspitze zeigte auf das katholische Gotteshaus, das, mit dem Karner und vom kleinen Friedhof umgeben, hoch oben auf einem Felsvorsprung thronte. Als einer von vielen Gästen im Ort ging Käfer im Schattenlicht der Gedeckten Stiege nach oben, schaute Hallstatt auf die Dächer und blickte zu anderen Häusern auf, die hoch über seinem Kopf auf ihn herabschauten. Er ging zum Ufer hinunter, mietete am Landeplatz ein Ruderboot und betrachtete Hallstatt vom Wasser aus. Irgendwann schloss er die Augen und konnte auch schon wieder fliegen.

„Grüß dich, Gerd. Guten Abend, Frau Gamsjäger!"

Die Frau nickte ihm zu. Ihr Sohn blickte nur kurz von seiner Lektüre auf. Neugierig trat Käfer näher. „Adalbert Stifter. Nicht schon wieder!"

„Was hast du gegen ihn?"

„Nichts. Und der Rest ist eine lange Geschichte. Aber du bringst mich immer wieder zum Staunen, Gerd!"

„Nur weil ich mich beruflich weiterbilde? Stifter und Hallstatt – das ist doch eine Erfolgsgeschichte von atemberaubender Innigkeit."

„Er war hier, nicht wahr? Gibt es da nicht einen Zusammenhang mit der Erzählung *Bergkristall*?"

„Und ob es den gibt. Willst du Genaueres wissen?"

„Immer."

„Dann höre. Am Anfang stand Friedrich Simony, ein akademischer Prinz, der Hallstatt und den Dachstein wachgeküsst hat. Er hat kaum noch aufhören können mit dem Wachküssen. Aber so sind die Prinzen eben. Der Gründer der Lehrkanzel für Geographie an der Universität Wien hatte es sich zur Lebensaufgabe gemacht, den Menschen Hallstatt und den Dachstein leidenschaftlich und unerbittlich näherzubringen. Im Sommer 1845 war dann poetischer Besuch bei ihm: Adalbert Stifter. Nach einem heftigen Unwetter sind die zwei durch das Echerntal zum Waldbachstrub gewandert. Dort stürzt das Schmelzwasser des Dachsteingletschers talwärts. Unterwegs sind den Männern zwei Kinder entgegengekommen, nass bis auf die Haut, ein elfjähriger Bub und seine kleine Schwester. Sie haben erzählt, dass sie auf dem Rückweg von der Wiesalpe vom Gewitter überrascht wurden und unter überhängenden Felsen Schutz gesucht haben. Und dann hat ihm Simony auch noch seine kühnen Gletscherwanderungen beschrieben und von einer gewaltigen Eishöhle berichtet, in die er eingedrungen war. Der liebe Adalbert war offenbar nicht nur kulinarisch, sondern auch verbal ein guter Nahrungsverwerter. Das Ergebnis dieses geistigen Stoffwechselprozesses ist inzwischen weltbekannt. Und ich lese mich ein, weil es höchste Zeit für eine neue Geschäftsidee ist."

„Hallstatt auf den Spuren Adalbert Stifters? Nicht wirklich aufregend."

„So kann das auch nie funktionieren, Daniel. Die Nacht der zwei Kinder in der Eishöhle, diese furchterregende, einsame, verzweifelte Nacht, die in das helle Glück der Errettung mündet. Das ist der Knackpunkt."

„Ach so. Und wie willst du das konkret angehen?"

„Ich probiere erst einmal aus, wie das ist. In ein paar Stunden geht's los. Und ich habe mir gedacht, dass du dabei sein könntest, sportgestählt, wie du inzwischen bist."

„Danke."

„Bitte. Ich übernehme die Rolle des tapferen Buben und du bist mein verzagtes Schwesterlein."

4

„Wenn ich mich recht entsinne, Gerd, war dieses Mädchen – Sanna hieß es, nicht wahr? – ganz und gar nicht verzagt. Und das grenzenlose Vertrauen in den älteren Bruder war durchaus gerechtfertigt. Aber ganz abgesehen davon: Was hast du konkret vor?"

„Wir verbringen die heutige Nacht in der Dachstein-Rieseneishöhle. Von der Organisation her ist alles vorbereitet: Die Bewilligung der Betriebsgesellschaft und eine Sonderfahrt der Seilbahn zur Mittelstation, wo der Schlüssel zum Höhleneingang für mich bereitliegt. Nur gerettet werden wir am Morgen nicht. Wir fahren einfach mit der ersten Gondel talwärts."

„Und was geschieht in der Höhle?"

„Wir folgen möglichst dicht Stifters Erzählung. Da geraten die Kinder erst einmal in ein großes, blau schimmerndes Eisgewölbe und später in eine Art Gebäude aus vereisten Steintrümmern. Wir hingegen bleiben im Eisgewölbe – im Tristandom, genauer gesagt. Und du brauchst keine Bedenken haben. Ich kenne mich in der Höhle aus, biete Führungen zu Spezialthemen an."

„Alles andere hätte mich gewundert."

„Nicht wahr? Weiter im Detail: Wir sind warm angezogen – waren die Kinder in der Geschichte ja auch –, aber das sollte reichen. Die Temperatur in der Höhle liegt knapp unter null. Natürlich hab ich alles Notwendige mit, sollte sich herausstellen, dass wir ordentlich biwakieren müssen."

„Beruhigend. Und die Wegzehrung? Auch Stiftergerecht?"

„Das will ich meinen. Brote, kleine Kuchenstücke, Mandeln, Nüsse und schwarzer Kaffeesud." Gerd Gamsjäger griff nach einem prall gefüllten Rucksack. „Außerdem hab ich eine Batterielampe mit. Passt zwar nicht, ist aber vielleicht ganz praktisch."

„So, da sind wir." Gerd schaute zu den gelb leuchtenden Fenstern des Schönberghauses hinüber. „Dort geht jetzt der Hüttenzauber an. Wir werden es stiller haben. Zum Höhleneingang ist es kaum eine Viertelstunde. Ich geh voran und beleuchte den Weg. Sei vorsichtig."

Käfer ging erst ein wenig unsicher, dann gewöhnten sich seine Augen an die Dunkelheit. Er löste den Blick vom Boden und sah tief unten winzige Lichter. Gerd blieb stehen und hob den Kopf. „Schau dir einmal diesen Sternenhimmel an, Daniel. Direkt ehrfürchtig könnte man werden."

„Ja."

Käfer blieb einen Augenblick stehen. Die Luft war scharf und herb. Er nahm sich vor, in Zukunft wieder öfter im Gebirge zu wandern. Weiß Gott, es gab Schöneres, als Geld zu verdienen und sich damit gesellschaftlich wichtigzumachen.

Das Geräusch der Schritte gab der Stille hier oben einen steten, bedächtigen Rhythmus. Was für ein Tag und was für eine Nacht ... Unversehens war Käfer auf seinem Weg zurück in den Berufsalltag in eine bislang verborgen gebliebene Gegenwelt geraten.

„So. Der Höhleneingang!" Gamsjäger richtete den Strahl der Taschenlampe auf ein massives Tor, sperrte auf und ging zu einem Schaltkasten. „Ich mache erst einmal Licht, Daniel, damit du die Höhle als Ganzes kennen lernst. Darf ich bitten?"

Er ging voran und blieb wenig später in einer Tropfsteinhöhle stehen. „Eis gibt es erst tiefer im Inneren des Berges. Dort aber jede Menge und in einer wunderbaren Vielfalt der Formen. 1910 ist dieses Höhlensystem entdeckt worden. In den folgenden Jahren wurde es gründlich erforscht und erschlossen. Fantasievolle Burschen, die Herren Entdecker, und nicht nur im Berg, sondern auch in der deutschen Sagenwelt zuhause. War ja groß in Mode damals. Darum gibt es hier unten einen Palast der Königin Kondwiramur, je einen prächtig ausgestatteten Eisdom für König Artus, Parzival und Tristan und so weiter. Doch was rede ich. Man folge mir und man staune."

Fast eine Stunde durchschritten die beiden eine vielfarbig schimmernde Zauberwelt. Türme, Wälle und Zinnen aus Eis fügten sich zu immer wieder neuen Bildern. Eis, nach oben strebend oder nach unten wachsend, verband sich da und dort zu Säulenreihen oder filigranen Vorhängen.

Gerd Gamsjäger war stehen geblieben. „Die Beleuchtung ist übrigens einfarbig. Gelb, Grün, Blau und all die Zwischentöne entstehen durch die unterschiedliche Stärke und Dichte des Eises. Und jetzt, mein Lieber, wollen wir uns an den Ort der Handlung begeben."

Im Tristandom angekommen schaute er sich suchend um. „Hier ist ein recht ebenes Stück nackter Fels." Er stellte die Batterielampe vor sich auf den Boden. „Ich werde die große Beleuchtung abschalten. Die Kinder haben schließlich auch nur das Licht der Sterne gehabt."

Dann saßen die beiden einander gegenüber, das kleine Licht dazwischen.

„Direkt komfortabel, Daniel, was sagst du?"

„Aber ja. Jedenfalls ist mir so ein Hotelzimmer noch nicht untergekommen. Das nenn ich eiskalten Luxus."

„Dazu gehört natürlich auch die entsprechende Verpflegung. Hier, greif zu, mein Freund, es ist ausnahmsweise gratis. Darf's eine literarische Beilage sein?" Gamsjäger schlug das mitgebrachte Buch auf. *„Die Kinder gingen in den Graben fort und gingen in das Gewölbe hinein. Es war ganz trocken und unter ihren Füßen hatten sie glattes Eis. In der ganzen Höhlung aber war es blau, so blau wie gar nichts in der Welt ist, viel tiefer und viel schöner blau als das Firmament, gleichsam wie himmelblau gefärbtes Glas, durch welches lichter Schein hineinsinkt* ... Schön, wie? Was hat dich übrigens gestört, als du dieses Buch bei mir gesehen hast?"

„Mein Unbehagen hat einen Namen, Gerd. Eustach Schiller. Dieser Herr hat vor ein paar Wochen aus Stifters *Nachsommer* zitiert und in der Folge einiges Unheil angerichtet."

„So ein kleiner, dicker, altmodisch gekleideter Mensch? Der ist häufig in Hallstatt zu sehen in letzter Zeit."

„Hat er ein neues Objekt der Begierde im Auge?"

„Es wird geredet. Am Ufer, dem Ort gegenüber, steht das Schloss Grub."

„Kenn ich. Ein märchenhaftes Anwesen."

„Mit einer mehr als turbulenten Geschichte. Im 17. Jahrhundert ist dort noch das Gut Grub gestanden. Der Ischler Salinenverweser Christoph Eyssl von Eysselsberg hat sich dort niedergelassen, ein Säufer und Schurke zum Fürchten. In einem Wutanfall soll er sogar ein Kind gegen die Mauer geschleudert haben. Die

Blutspuren dieser Gräueltat sind angeblich noch lange sichtbar gewesen. Im 19. Jahrhundert hat dann die Frau eines russischen Diplomaten das Gut nach ihren romantischen Vorstellungen umbauen lassen. Seitdem geben sich dort Spekulanten, verträumte Investoren und verkrachte Existenzen die Tür in die Hand. Sieht fast so aus, als gäb's bald wieder einen neuen Eigentümer."

„Nicht meine Sorge. Sag einmal, Gerd, wie willst du denn deine literaturbegeisterten Höhlengänger unterhalten, die Nacht über?"

„Ich weiß noch nicht so recht. Natürlich werde ich von Stifter und dem Hintergrund der Erzählung reden und ein paar passende Stellen vorlesen. Ich habe auch schon an den Einsatz von Projektionen und Toneffekten gedacht. Immerhin überleben die Kinder letztlich nur, weil sie das schreckliche Geräusch von berstendem Eis wach hält."

„Kitsch sollt' es halt keiner werden ..."

„Alles, nur das nicht. Ich will auch vermitteln, wie es ist, Kälte und Ausgesetztheit im Berg zu ertragen, auch ein wenig Hunger. Und wenn die Zeit bis zum Morgen lang und länger wird: Das gehört dazu. Umso fröhlicher möchte ich dann das gute Ende vor dem Höhleneingang inszenieren."

„Ob du das alles bei den Behörden durchbringst? Ich meine von wegen Sicherheit und so ..."

„Es wird bestimmt beschwerlicher werden als unsere Nacht heute. Sei's drum. Müde, Daniel?"

„Ja, schon. Der Tag heute hat mich ganz schön gefordert."

„Nur wer an seine Grenzen geht, findet auch seine Mitte. Ist übrigens von mir."

„Toll. Kompliment."

„Magst Kaffeesud haben? Extra stark, extra bitter!"

„Her damit.“

„Das hätte die tapfere kleine Sanna aber anders gesagt.“

„Ich bin nicht tapfer und klein bin ich erst recht nicht.“

„Stimmt schon. Wir wollen das Stifter-Theater nicht übertreiben. Außerdem, ob tapfer oder nicht, du warst wenigstens beruflich erfolgreich, Daniel. Kannst von der Abfertigung wahrscheinlich bis ans Ende deiner Tage leben. Ich bin nur originell.“

„Und hast jede Menge Spaß daran. Wenn das nicht mehr zählt als ein dickes Konto ...“

„Zugegeben. Aber nicht selten wird's ziemlich knapp. Was glaubst du, warum wir für jeden Scheißdreck Geld von dir verlangen?“

„Ich bekomm ja was dafür.“

„Na klar. Anständig habgierig ist die Devise. Aber schön wär's schon, einfach sagen zu können: Du bist mein Gast, Daniel, bleib, solange du magst.“

„Kommt vielleicht noch.“ Käfer stand auf und ging ein paar Schritte, um sich zu wärmen. „Und wenn wir schon von Erfolg reden. Dir nimmt kein Konzern dein Lebenswerk aus der Hand und schmeißt es auf den Mist.“

Käfer schaute um sich. Im schwachen Licht von Gerds Batterielampe war nur noch ein wild wucherndes Gewirr bizarrer Formen zu sehen, das in weiterer Entfernung mit der Dunkelheit verschmolz. Es gab keine Grenzen mehr, diese Welt aus Eis wuchs über sich hinaus. Käfer fror nicht, doch er spürte, wie die Bilder rings um ihn allmählich auch in ihm waren, dieses frostige, unendlich langsame Wachsen und sich Verändern. Dann hörte er Gerds Stimme. „Und meiner Mutter würde ich wünschen, ein angenehmeres Leben zu führen. Die Rente nach meinem Vater ist lächerlich klein. Und ich kann die Gute auch nicht wirklich unterstützen.“

„Dein Vater?“

„Knappe, Wilddieb, Kletterer, Frauenheld. Eines Tages ist er aus der Wand gefallen. Und auf eine zweite Ehe hat die Mutter dankend verzichtet.“

„Und du, Gerd? Dir müssen die Weiber doch in hellen Scharen nachlaufen.“

„Halb so schlimm. Außerdem ... das Schilehrer-Bergführer-Syndrom. Im Bett hast du sie bald einmal. Aber als Familienvater sieht dich keine. Irgendwie auch zu Recht übrigens. Wie steht's denn mit dir, wenn's überhaupt noch steht?“

„Frechdachs. Da gibt es die Sabine, ohne die ich schlichtweg vor die Hunde ginge.“

„Klingt ziemlich unerotisch. Was ist mit der Anna?“

„Hat sie von mir erzählt? Inzwischen bin ich nicht einmal mehr ganz sicher, ob da was war.“

„Soll ich sie fragen, bei Gelegenheit?“

„Untersteh dich!“

„Wie du meinst, Daniel. Wie spät ist es eigentlich? Ich mag keine Uhren, mit einer Ausnahme.“

„Gegen drei Uhr früh. Die Ausnahme?“

„Eine Sonnenuhr an unserer Hausmauer, ich zeig sie dir morgen. Die ist an einer Stelle angebracht, wo an 365 Tagen im Jahre garantiert kein Sonnenstrahl hinkommt, eine Schattenuhr, sozusagen.“

„Und was gefällt dir daran?“

„Ein Zeitmesser, der sich der Zeit verweigert. Ist das nichts?“

„Doch. Hat was.“

Jetzt war auch Gerd aufgestanden und wandte sich lächelnd einem fiktiven Publikum zu.

„Nun ist der unterhaltsame Teil unserer Reise durch die Nacht so ziemlich vorbei. Irgendwann zeigen die dunklen Dämonen ihre Fratzen. Nur jetzt nicht einschlafen, sonst gewinnen sie ihr eiskaltes Spiel … *nicht einschlafen*, sagt bei Stifter der Bub Konrad zu seiner Schwester Sanna. *Denn weißt du, wie der Vater gesagt hat, wenn man im Gebirge schläft, muss man erfrieren, so wie der alte Eschenjäger auch geschlafen hat und vier Monate tot auf dem Steine gesessen ist, ohne dass jemand gewusst hatte, wo er sei.*“

Käfer klatschte leise Applaus. „Gute Dramaturgie. Und wie geht's weiter, Gerd?“

„Jetzt werden wir zwei damit aufhören, uns die Zeit zu vertreiben. Wir werden schweigen, frösteln, der Stille zuhören und den Tropfen, die in sie fallen. Wir werden es lernen müssen, Eintönigkeit und Langeweile zu ertragen – und dabei nicht einzuschlafen, bis uns der Morgen rettet.“

Sie saßen dann einfach da, jeder in seinen Gedanken verfangen. Manchmal fühlte sich Käfer großartig, dann lächerlich, dann nur noch leer und müde.

Allmählich wurde er gleichgültig. Eine seltsam starre Ruhe kam über ihn. Dann hörte er Gerds Stimme. „Wie spät, Daniel?“

„Gegen sieben Uhr.“

„Gratuliere, das Leben hat uns wieder! Ich darf bitten … Der Sonnenaufgang!“

Gerd Gamsjäger schaltete die Beleuchtung ein. Mit einem Mal wich die Geisterwelt der Nacht einer überschwänglichen Fülle an kostbarer Schönheit. Käfer stand auf, reckte und streckte sich. „Gestern war ich ein Vogel. Heute bin ich König. Und was kommt demnächst?“

Er lief auf eine spiegelnde Eisfläche zu, breitete die Arme aus und glitt schwerelos dahin. Dann verlor er das Gleichgewicht, fiel und rutschte weiter.

„Daniel, du verdammter Idiot!“ Käfer sah Gerd rennen, spürte, wie er ihn am rechten Fuß packte und zum

Stillstand brachte. Dann hörte Käfer ein Krachen und Splittern. Gerds Hand ließ los. Käfer sah jetzt seinen Freund nicht mehr. Aber Sekunden später drang ihm der Aufprall wie ein Schlag mit dem Hammer ins Hirn.

5

Zitternd kam Daniel Käfer auf die Beine und erblickte die Eissäule, an der sich Gerd festgehalten hatte und die zerbrochen war. Dann ging er langsam, mit mechanisch wirkenden Bewegungen auf den Abgrund zu. Gut vier Meter tiefer lag Gerd, verkrümmt und leblos. Käfer sah keine Möglichkeit, zu ihm zu gelangen. Er rannte aus der Höhle, rannte zur Bergstation und bat keuchend um Hilfe. Hastig gab er über die näheren Umstände des Unglücks Auskunft. Dann machte er sich angsterfüllt auf den Weg zurück in die Höhle.

„Gerd! Gerd!! Kannst du mich hören?“ Er lauschte angestrengt. Dann vernahm er eine Stimme, die er nicht kannte, eine Kinderstimme, hoch und flehentlich. „Bei mir bleiben bitte! Es ist was ... es ist was mit dem Kreuz!“

Käfer hockte an der Eiskante, schaute nach unten und redete, redete, redete. Die Rettungsleute standen schon dicht hinter ihm, als er sie bemerkte. Stumm schaute er zu, wie sich zwei von ihnen abseilten, Gerd bargen und nach oben brachten. Er folgte den Männern ins Freie, wo ein Hubschrauber bereitstand. Käfer spürte eine Hand an seinem Oberarm. „Sie können nicht mitkommen, im Hubschrauber ist kein Platz. Wir fliegen Aussee an, weil das Spital dort freie Kapazitäten hat. Ihr Auto steht an der Talstation?“

„Ja.“

„Wie schlimm ist der Schock? Können Sie fahren?"

„Ja."

„Dann fahren Sie ins Krankenhaus, langsam, auf Ihre Verantwortung."

Dort angelangt, konnte sich Käfer kaum noch erinnern, wie er hingekommen war, irgendwie eben, funktionierend wie eine Maschine, doch im Kopf die Hölle. Ein junger Arzt kam ins Wartezimmer, schaute ihm prüfend in die Augen und hörte sich dann schweigend an, was Käfer zu erzählen hatte. Er nickte, dachte kurz nach. „Wie geht es Ihnen? Brauchen Sie Hilfe?"

„Nein."

„Das sagt sich so leicht. Wenn es dann doch so ist, kommen Sie zu uns. Herrn Gamsjäger werden wir nach Salzburg verlegen müssen, in die Unfallchirurgie. Es sind Spezialisten gefragt."

Käfer räusperte sich. „Und? Können Sie irgendetwas sagen?"

„Nein, leider."

Käfer wusste nicht mehr, wo er sein Auto geparkt hatte, entdeckte es dann aber nach zielloser Suche doch. Wohin jetzt?

Irgendwann fand er sich in Sarstein wieder. Maria Schlömmer war im Obstgarten vor dem Haus damit beschäftigt, Äpfel aufzuklauben. Sie schaute ihm entgegen.

„Weit bist nicht gekommen."

Dann sah sie sein Gesicht und erschrak. „Was ist los?"

Käfer antwortete nicht, ging ein paar Schritte auf sie zu und blieb dann ratlos stehen. Sie schob ihn ins Haus, in die Küche, griff nach zwei Schnapsgläsern, stellte sie dann aber zurück ins Regal.

„Erzähl!"

Als Käfer alles berichtet hatte, stand sie auf, drehte ihm den Rücken zu, goss sich einen Schnaps ein, trank und kam wieder zum Tisch.

„Es ist also ein Unglück geschehen. Gewollt hast du es nicht. Schuld daran bist du trotzdem."

Er schwieg.

„Die Frau Gamsjäger weiß Bescheid?"

„Ja. Hat man mir gesagt."

„Du musst natürlich zu ihr. Aber heut wird sie dich nicht aushalten, glaub ich. Allein sollt' sie aber auch nicht bleiben. Ich geb der Anna Bescheid. Die tut dann schon, was sie kann. Und du wohnst erst einmal wieder in deinem Zimmer."

„Meine Reisetasche steht im Haus von der Frau Gamsjäger."

„Nimmst halt die Sachen vom Hubert. Du, Daniel ..."

„Ja?"

„Dreh nicht durch. Ein Unglück ist genug."

Maria Schlömmer verließ die Küche, um zu telefonieren. Käfer blieb mit regungslosem Gesicht sitzen. Dann stand er auf, griff zur Schnapsflasche, setzte sie an den Mund und trank, als trinke er Wasser. Taumelnd stieg er die Holztreppe zu seinem Zimmer hinauf, fiel schwer aufs Bett und ließ seine Gedanken im Rausch verkommen.

Als er aufwachte, war es Nacht geworden. Schneidendes Kopfweh, trockener Mund, Husten. Die Dunkelheit um ihn schien sich zu drehen. Käfer bewegte tastend die Hände, spürte die Bettdecke und versuchte einen klaren Gedanken zu fassen. Mit Mühe kam er auf die Beine, torkelte zur nächsten Wand und suchte minutenlang einen Lichtschalter. Dann fuhr ihm die Helligkeit schmerzhaft in die Augen. Ach so ... sein Zimmer in Sarstein. Er öffnete die Tür, ging aufs Klo, hustete wieder und erbrach. Im Bad nebenan wusch er sein Gesicht mit kaltem Wasser, trank gierig und wagte es nicht, in den Spiegel zu schauen. Der Lichtschein aus der halb offenen Tür wies ihm den Weg zurück. Er stellte den einzigen Sessel zum Fenster, setzte sich und starrte hinaus. Ihm war immer noch übel, der bittere Geschmack im Mund stieg höher und höher, bis er überall im Kopf war. Obwohl es hell war im Zimmer, kroch die Nacht herein und machte ihm Angst. Und dann, wie aus dem Hinterhalt, Gedanken, Bilder, Worte, wie Schläge ins Gesicht.

Ein Versager. Beruflich unverdient erfolgreich und dann auf eigenen Wunsch kaltgestellt, unfähig, neu zu beginnen. Ein großes Kind, das sich von Frauen nur zu gerne hilfreich umfangen ließ und nichts dafür geben wollte. Ein blöder Phantast, der glaubte, die Flügel zu schlagen, wenn ihn ein anderer durch die Lüfte trug, ein jämmerlicher Ikarus, der nicht einmal seinen Absturz selbst zu Ende brachte. Nie im Leben würde Käfer das Geräusch des Aufpralls vergessen, nie diese verkrümmte, leblose Gestalt, die stellvertretend für ihn da unten gelegen war. Und jetzt? Die Maria hatte ihn wieder aufgenommen. Sie hatte dafür gesorgt, dass sich Anna in Hallstatt um Frau Gamsjäger kümmerte. Wenn jemand in dieser Nacht das Recht hatte, verzweifelt und verbittert zu sein, dann wohl sie. Und wenn jemand jede Hilfe brauchte, dann ihr Sohn. Und er, Daniel Käfer, saß besoffen da und beklagte seine eigene, unglückselige Existenz.

Er staunte über ein Gelächter, das seinen Körper durchschüttelte.

Verdammt noch einmal, seine Pflicht war es, morgen einen klaren Kopf zu haben, zu helfen, wo er konnte, und mitzutragen, was immer auch geschehen würde.

Schlafen wäre wohl das Beste, aber er fürchtete sich vor den Träumen. Er öffnete das Fenster. Der Himmel war bedeckt, die Nacht samtschwarz. Käfer zählte die Lichter der wenigen Straßenlampen, dann stand er auf und begann eine lange, eintönige Wanderung durch das kleine Zimmer. Er betrachtete alles genau, mit der peniblen Langsamkeit eines Menschen, der viel Zeit zu vertreiben hat: das Muster des Linoleum-Bodens, die geheimnisvolle Maserung im Nussbaumfurnier seines Bettes und die mit blassblauen Blumen bemalte Wand mit zahlreichen feinen Sprüngen im Verputz. Er nahm den Bildkalender aus dem Jahr 1988 vom Nagel, trug ihn zum Tisch und studierte Blatt für Blatt. Die Motive der Bilder stammten aus Österreich. Auf der Jänner-Seite war die Staumauer von Kaprun zu sehen. Es folgten Kremsmünster, ein säender Landmann, blühende Marillenbäume in der Wachau, Birnbäume im Mostviertel, spielende Kinder auf einer Blumenwiese, ein Segelboot am Attersee, eine junge Frau im züchtigen Badeanzug, ein schwer beladener Heuwagen, eine rundliche Bäuerin in Tracht, die einen prall gefüllten Apfelkorb vor die Brust hielt, eine zum Grab hin gekrümmte Greisin und der Christkindlmarkt in Steyr. Auf den Rückseiten der Blätter waren der Jahreszeit gemäße landwirtschaftliche Hinweise zur Düngung und Schädlingsbekämpfung zu lesen, aber auch Kochrezepte. Irgendwann war Käfer mit allem fertig. Er begann damit, seine Taschen zu leeren, den Inhalt vor sich auf dem Tisch auszubreiten und im Detail zu betrachten. Als er dann die Fahrkarten für die Dachstein-Seilbahn in der Hand hielt, spürte er, wie ihm Tränen in die Augen schossen.

Was würde sein, wenn Gerd gelähmt blieb?

Käfer zerknüllte die Fahrscheine und warf sie zu Boden. Dann saß er ruhig da und spürte eine seltsame

Leichtigkeit in sich. Es war doch im Grunde genommen einfach, sich dieser Situation zu entledigen. Ein Daniel Käfer, den es nicht mehr gab, der nicht mehr lebte, hatte seine Rolle in der Tragödie ausgespielt, wurde vielleicht sogar ein wenig bedauert und betrauert. Bislang waren ihm Selbstmordgedanken mehr als fremd gewesen, also hatte er einige Schwierigkeiten, konkrete Überlegungen anzustellen. Ein Fenstersturz würde allenfalls mit einem gebrochenen Bein enden. Gift stand ihm nicht zur Verfügung und der Versuch, mit geöffneter Pulsader sein Leben zu verströmen, würde das Haus seiner lieben Gastgeberin aufs Übelste besudeln. Ganz abgesehen davon war er ohnedies zu feige für derlei Unternehmungen. Schon eher entsprach es seinem windschiefen Charakter, sich einfach davonzustehlen, sich aus dem Haus zu schleichen, das Auto zu starten und irgendwo in der Ferne ein neues Leben zu beginnen, mit neuen Frauen, die ihn vergessen ließen. Er würde aber nicht vergessen, und sogar für ehrlose Flucht fehlte es ihm an Entschlusskraft und Energie. Käfer fand fast schon Vergnügen daran, die dunklen Seiten seines Wesens nachzuschwärzen und den helleren Rest zu verdunkeln. Dann aber kam ihm ein Satz von Karl Kraus in den Sinn. *Machen Sie sich nicht so klein. So bedeutend sind Sie auch wieder nicht.* „Mein lieber Daniel“, murmelte er, „die Sache ist ganz banal. Du hast was angestellt und du wirst dazu stehen.“ Er hob den Kopf und schaute zum Fenster. Gleich am Morgen würde er versuchen, Neues über Gerd Gamsjäger zu erfahren. Und dann war es auch schon Zeit für einen Besuch bei der Mutter. Käfer ließ den Kopf wieder hängen und er spürte, wie sich sein Magen verkrampfte. Es dauerte noch sehr lange, bis die Nacht endlich schütter wurde und fahles Grau allmählich heller. Dann aber kam die Sonne über den Bergrücken, zündete die Herbstfarben an und machte sich auf den Weg über einen unglaublich blauen Himmel. Käfer schloss geblendet die Augen und seufzte.

Unrasiert und nur leidlich gewaschen kam er schon gegen sieben Uhr früh in die Küche. Frau Schlömmer, Maria, hatte offenbar noch im Stall zu tun, auch von ihrem Mann war nichts zu sehen. Käfer blätterte im *Bauernbündler* und in der *Alpenpost*. Dann hielt er es nicht mehr aus und ging in den Vorraum, wo das Telefon stand. Er fand die Nummer des Ausseer Krankenhauses, rief an, fragte nach Gerd Gamsjäger und schaute dann ins Leere. Der Patient sei schon in Salzburg, wurde ihm Bescheid gegeben. Zwecklos, dort nachzufragen, denn Auskünfte dieser Art würden nur an Ehepartner oder nahe Verwandte erteilt.

Wieder in der Küche hörte Käfer Schritte. Hubert Schlömmer trat ein, schaute ihm kurz ins Gesicht und nahm ihm gegenüber Platz. Er hatte die Hände vor sich auf dem Tisch liegen und betrachtete sie. „Schlecht geschlafen, was?"

„Wundert dich das?"

„Nein."

Hubert Schlömmer schwieg, wie er es schon immer gerne getan hatte. Doch diesmal empfand Käfer dieses Schweigen als angenehm, ja geradezu tröstlich.

Dann hob Schlömmer den Kopf. „Und du bist wirklich mit so einem Drachen da geflogen?"

„Ja."

Schlömmer nickte mehrmals. „Und nachher hast geglaubt, dass du der Welt einen Haxen ausreißt."

„So ungefähr."

Wieder machte sich Schweigen breit. Die Sonne malte freundliche Flecken auf den Küchentisch.

Schlömmer stand auf. „So." Er ging zur Tür, blieb stehen und wandte sich zu Daniel Käfer um. „Wennst ein Mann bist, musst du da durch. Klar?"

„Klar."

6

Mit einem missbilligenden Blick auf ihren Gast räumte Maria Schlömmer das Frühstücksgeschirr ab. „Saufen kann er, essen nicht."

„Mir liegt allerhand im Magen."

„Andere sind ärmer dran."

„Hab ich mir auch schon gesagt, die halbe Nacht lang."

„Na also. Dann tu was. Die Anna hat erzählt, dass die Frau Gamsjäger ganz ruhig ist, viel zu ruhig eigentlich. Und dir lässt sie ausrichten, dass du kommen kannst, wenn du dich traust."

„Klingt nicht gut."

„Dankbar muss sie dir ja nicht grad sein, die Frau Gamsjäger, oder? Und das Auto wirst du heute stehen lassen. Ich bring dich zum Bahnhof. Um neun geht ein Zug."

„Danke." Käfer stand auf, ging auf die Bäuerin zu und legte sein Gesicht in ihren Nacken.

Er spürte, wie sie fast unmerklich ihren Kopf schüttelte, und hörte ihre Stimme. „Komisch."

„Was?"

„Diesmal kribbelt gar nichts."

Personenzüge hatte Käfer schon immer gemocht, diese im besten Sinne des Wortes unzeitgemäße Antithese zu inflationärer Eilfertigkeit. Betuliches, doch beharrliches Vorwärtsstreben, das keine Möglichkeit anzuhalten ausließ, entsprach seiner Art, sich Zielen zu nähern. Einmal hatte er in einem wirklich sehr entlegenen Provinzbahnhof den Stationsvorsteher nach der Ankunftszeit des nächsten Zuges gefragt. „Um fünfe kommt er gern", war die Antwort gewesen. Ein Zug, der gerne kam, statt penibel dem Diktat des Fahrplanes zu gehorchen, konnte ihm schon sehr gefallen. Käfer schätzte auch den Geruch von Personenzügen, eine Mischung, die von öligem Blech kam, von Jausensemmeln und von der Landschaft vor dem geöffneten Fenster.

Diesmal nahm Käfer den Zug, in dem er einigermaßen pünktlich losfuhr, kaum wahr. Wie immer hatte er am Kiosk die lokale Tageszeitung kaufen wollen, schreckte dann aber davor zurück, weil er fürchtete, seinen Namen darin zu lesen. Er war fast allein im Waggon. Nur ein Mädchen saß ihm schräg gegenüber, Kurznachrichten ins Handy tippend, Lautsprecherstöpsel in den Ohren. Käfer schaute aus dem Fenster. Ihm wurde bewusst, dass die Bahnstrecke durch die Koppenschlucht Gerds Kajakfahrt auf der Traun folgte. Das war schon recht so. Wegschauen half nichts.

Die nächste Station hieß Koppenbrüllerhöhle. Vor dem nahen Wirtshaus hatten sie das Boot durchs offene Dach geschoben. Nach einer kurzen, walddunklen Strecke kam Obertraun, dann Hallstatt. Unterhalb des kleinen Bahnhofsgebäudes stand ein Motorschiff für die Überfahrt bereit. Käfer stieg ein, löste eine Karte, gleich noch eine für die Rückfahrt, und sah bald Hallstatt auf sich zukommen, immer näher und immer bedrohlicher. Er war von vielen Menschen umgeben. Japaner waren aufgeregt damit beschäftigt, sich gegenseitig zu fotografieren, zwei Teilnehmer einer deutschen Reisegruppe referierten über die aktuelle Preisentwicklung in der österreichischen Gastronomie. Italiener waren zu hören, und ein älterer Mann, der den Schiffsführer beim Einsteigen vertraut gegrüßt hatte, saß stumm da und schaute zu Boden. Am Landeplatz angekommen, blieb Käfer kurz stehen, um sich zu orientieren. Dann gab er sich einen Ruck, ging langsam zum Marktplatz und von dort aus zum Oberen Weg hinauf.

Nach zwei durchwachten Nächten war er sehr müde, gleichzeitig aber auch schmerzhaft wach.

Das Haus von Frau Gamsjäger fand er, ohne lange zu suchen. Sogar an diesem sonnigen Herbsttag lag es im Schatten. Jetzt entdeckte Käfer auch die Uhr, von der Gerd gesprochen hatte. Aus der Steinmauer des Untergeschosses ragte schräg ein schlanker, rostroter Eisenstab. In die Mauer eingelassene Eisenbänder zielten auf helle Steine, die offenbar Stunden markierten. Unwillkürlich schaute Käfer auf seine Armbanduhr. Kurz nach zehn ...

Er sah, wie im Nachbarhaus ein Fenster geöffnet wurde. Das runde Gesicht einer jungen Frau wandte sich ihm zu. „Sind Sie dieser Herr Käfer?"

„Ja."

„Und Sie wollen zur Frau Gamsjäger?"

„Ja. Wie ... wie geht es ihr?"

„Sie ist zuhause." Die Frau verstummte, beobachtete Käfer aber aufmerksam, wie er zögernd auf das Gebäude zuging, das Holzgatter zur steinernen Stiege öffnete, langsam Stufe um Stufe nach oben stieg, nach einer Klingel suchte, mehrmals klopfte, zur Türschnalle griff, sie niederdrückte und in der dunklen Öffnung des Eingangs verschwand.

„Frau Gamsjäger?"

Er hörte keine Antwort, ging auf die halb geöffnete Zimmertür zu, klopfte nochmals und trat ein.

Frau Gamsjäger stand neben dem Tisch und schaute ihrem Besucher entgegen, sehr aufrecht, den Kopf erhoben. „Da schau her!"

Käfer blieb unschlüssig stehen. „Wie meinen Sie das?"

„Dass Sie sich zu mir trauen, wundert mich." Sie stieß mit dem Fuß gegen seine Reisetasche, die unter dem Tisch stand, wie er erst jetzt bemerkte. „Die werden Sie haben wollen, damit Sie schnell wieder gehen können."

„Ich will nicht schnell wieder gehen."

„So, nicht?"

„Frau Gamsjäger ... was wissen Sie von Ihrem Sohn?"

„Die in Salzburg können mir noch nichts sagen. Oder sie sind zu feig dazu." Sie ging zur Küchentür. „Tee?"

„Ja bitte." Käfer setzte sich.

„Also, ich weiß nicht, wie ich anfangen soll ..."

„Das ist Ihr Problem." Frau Gamsjäger saß jetzt ihm gegenüber. „Man hat mir erzählt, dass der Gerd verunglückt ist, als er Ihnen zu Hilfe kommen wollte."

„Wissen Sie auch, dass ich ohne meinen hirnverbrannten Leichtsinn erst gar nicht in Gefahr geraten wäre?"

„Ist mir neu, aber ich hätt's mir denken können. Männer sind Männer."

„Ich kann nichts ungeschehen machen, Frau Gamsjäger, aber ich will mich nicht drücken."

„Ein Satz wie aus einem schlechten Roman."

„Da haben Sie Recht. Aber wie soll ich es anders sagen? Auf jeden Fall möchte ich Ihnen helfen, so gut ich kann."

„Also nicht."

„Warum nicht?"

„Weil Sie nicht können. Keiner kann."

„Möglich, dass Sie viel Geld brauchen in nächster Zeit."

„Ja, möglich. Aber von Ihnen brauch ich keins."

„Verachten Sie mich? Ich könnt's verstehen."

„Nein. Dazu müsst' ich Sie erst einmal ernst nehmen."

Käfer grübelte und schwieg. Frau Gamsjäger schien das nicht zu stören. Sie schaute an ihm vorbei ins Leere. Dann schloss sie kurz die Augen. „Noch was?"

„Nicht viel. Oder doch viel: Ich wünsche mir nichts mehr, als dass alles gut wird mit dem Gerd."

„Ja. Weil dem Herrn Abenteurer dann auch wieder leichter ist."

„Frau Gamsjäger, wie's Ihnen geht, will ich mir gar nicht ausmalen. Und es braucht Sie auch nicht zu interessieren, dass ich eine ziemlich schwarze Nacht hinter mir habe. Nur so viel: Ich glaube fast, dass ich ein gutes Stück älter geworden bin."

„Zeit wär's, nicht wahr?"

„Höre ich nicht zum ersten Mal. Und ... ich bleibe natürlich hier, bis wir wissen, wie es mit dem Gerd weitergeht." Er schob einen Notizzettel über den Tisch. „Bei der Frau Schlömmer in Aussee können Sie mich erreichen, wann immer Sie wollen."

„Also nie."

Dann stand Käfer wieder am Oberen Weg, die Reisetasche in der Hand, und dachte darüber nach, dass traurige Gestalten nie einer gewissen Komik entbehrten. Er machte sich auf den Weg hinunter zum See. Jetzt, am späten Vormittag, stand die Sonne hoch genug, um ein paar Strahlen in den Ort und über die Wasserfläche zu schicken. Käfer wusste nicht recht, wohin mit sich. Er stand am Ufer, dort, wo der Mühlbach einmündete, und schaute den Enten beim Schwimmen und Tauchen zu. Dann spürte er eine Hand auf seinem Oberarm, drehte sich um und schaute in ein großes, unsäglich lächelndes Frauengesicht. „Ach bitte, Sie haben doch sicher die Freundlichkeit ...“ Ein Fotoapparat wurde ihm vor die Augen gehalten.

„Ja, gerne.“

„Sie können nichts falsch machen. Nur hier durchschauen und oben drücken. Augenblick bitte ... komm, Anton! Ich habe gleich gesagt, so ein freundlicher Herr sagt nicht nein, wenn man ihn höflich um einen kleinen Gefallen bittet, hab ich Recht?“

Käfer schaute durch den Sucher. Er sah ein Ehepaar in mittleren Jahren. Sie blond und gnadenlos heiter, er mit schütterem Haar und tiefen Kerben um die Mundwinkel. Hinter den beiden wirkte Hallstatt wie ein altmodisches Bühnenbild. Käfer knipste, gab das Gerät zurück und griff nach seiner Reisetasche. Die Frau nahm sie ihm lächelnd aus der Hand und stellte sie ab. „Wer wird es denn so eilig haben? Das nächste Schiff geht doch erst in über zwei Stunden. Sind Sie das erste Mal in Hallstatt?“

„Nein.“

„Wir kommen jedes Jahr hierher. Es ist ja so romantisch. Wir wohnen privat, die Gasthöfe sind uns zu teuer. Wo wohnen Sie?“

„Nicht in Hallstatt.“ Käfer griff wieder nach seiner Tasche.

„Na ja.“ Sie warf ihm einen koketten Blick zu. „Kann ja recht einsam werden für einen so stattlichen Mann wie Sie. Sind Sie denn allein?“

„Fallweise.“ Käfer wandte sich zum Gehen. Sie hielt ihn am Rockärmel zurück. „Sie müssen nicht glauben, dass Sie uns stören. Wir haben ja Urlaub. Und ein wenig plaudern tut doch gut, wenn man so allein ist, nicht wahr?“

Jetzt streifte Käfer ihre Hand sanft, aber nachdrücklich ab. „Tut mir leid, ich habe noch einiges vor heute. Und schönen Urlaub noch!“ Er entfernte sich raschen Schrittes und spürte ihr Lächeln hinter seinem Rücken. Auf dem Marktplatz schaute er sich nach einer schützenden Höhle um und fand sie in Ruth Zimmermanns Café, gleich neben dem Schaufenster einer Trachtenschneiderei. Er trat ein. Im Vorraum stand eine kleine Bar, umringt von Leuten, die offenbar aus Hallstatt stammten. Ein paar abschätzende Blicke trafen den neuen Gast, dann ging die angeregte Unterhaltung weiter. Tief gebückt gelangte Käfer durch eine schmale Öffnung der dicken Mauer in einen größeren Raum mit schönen Gewölben, eingerichtet mit edler Trödlerware. Er nahm aufatmend Platz und schloss für eine Weile die Augen.

„Nicht einschlafen, der Herr!“

Verwirrt schaute er auf. „Anna! Was machst denn du da?“

„Servieren, Daniel.“

„Aber ich denke, du lernst Instrumentenbau?“

„Klar. Und zwischendurch verdien ich ein bissl was.“ Sie schaute ihn an und Käfer wurde verlegen.

„Kaffee? Ich glaub fast, du könntest einen brauchen.“

„Allerdings. Du weißt ja, was los ist.“

„Ja, weiß ich. Du kommst von der Frau Gamsjäger, hm?“

„Ja.“

Anna streckte die Hand aus und berührte kurz seine unrasierte Wange.

„Herr Käfer! Welche Freude!“

„Herr Schiller! Welche Überraschung!“

Der neue Gast trat eilfertig näher. Er trug eine Art von Trachtenanzug, die Käfer an verarmten Landadel denken ließ. Anna war ihm gefolgt und versuchte ihn von Käfers Tisch wegzuschieben. „Sie möchten doch sicher allein sein, Herr Schiller, ich komm dann nachher zu Ihnen plauschen!"

„Alles zu seiner Zeit, Anna!" Schiller nahm Platz und schaute Käfer mit freundlichstem Wohlwollen ins Gesicht. „Was führt Sie hierher, mein Guter? Für meinen Teil ist alles klar: romantische Geschäfte, sentimentale Halsabschneidereien, liebevolle Raffgier."

„Schloss Grub diesmal, nicht wahr?"

„Sie wissen schon? Chapeau!" Sein Gesicht wurde ernst, er senkte die Stimme. „Es ist doch nicht wahr, was ich über Sie in der Zeitung lesen musste?"

Käfer spürte Ärger in sich aufsteigen. „Ich habe noch keine Zeitung gelesen heute!"

„Wie klug von Ihnen. Und mir wär's eine Ehre, aus Ihrem Mund die wahre Geschichte zu hören. Es ist schon ein Jammer mit dem Leben und erst recht mit dem Gegenteil ... *Sterben die Menschenmütter an ihren Söhnen alle dahin* ... Richard Wagner, übrigens, Siegfried. Sie waren heute schon bei Frau Gamsjäger?"

„Ist das ein Verhör?"

„Sie beschämen mich. Sagen wir so: Ich habe Ihnen gegenüber viel gutzumachen. Und lassen Sie es mich ausnahmsweise ganz schlicht formulieren. Manchmal braucht man einen Freund."

„Und manchmal braucht man seine Ruhe."

„Die können Sie haben!" Schiller war zornig aufgesprungen. Noch nie hatte ihn Käfer so unbeherrscht gesehen. Mit einer heftigen Bewegung schob er zwei eintretende Gäste zur Seite und verließ den Raum.

Anna kam kopfschüttelnd näher. „Was war denn mit dem los?"

„Zudringlich war er, wie immer."

„Und wenn's echt nett gemeint war?"

„Bei dem war noch nie was echt, Anna."

Sie setzte sich zum Tisch. „Ja, komisch ist er schon."

„Was schaust mich denn so an?"

„So schau ich halt."

„Und was siehst du?"

„Einen, der schlecht geschlafen hat und in der Früh zu zittrig fürs Rasieren war."

„Korrekt. Und weiter?"

„Nichts weiter. Dass ich mit dem Gerd Gamsjäger recht gut bin, hast du ja gemerkt, oder?"

„Mit deutlichem Unbehagen."

„Ist ja nichts Ernstes."

„War es denn je was Ernstes bei dir, Anna? Wird es je was Ernstes sein?"

„Das werd ich ausgerechnet dir erzählen. Du, Daniel ... die Schlömmer Mirz hat mich angerufen. Du hast dich ziemlich aufgeführt in der Nacht. Was ich sagen wollte: Ein Freund im Spital und einer, der sich kaputtmacht, das ist ein bissl viel für meinen Geschmack."

„Ah ja. Wär's denkbar, Anna, diese konzertierte Bemutterungsaktion einfach zu vergessen? Ich hab zu viel mit mir selber zu tun, als dass ich auch noch feuchte Rehaugen ertragen könnte."

„Musst ja nicht." Anna stand auf. „Einen Euro fünfzig für den Kaffee krieg ich. Ohne Trinkgeld."

7

Käfer hatte erst einmal genug von Menschen, auch von lieben. Er nahm das nächste Schiff zur Bahnstation, wartete aber nicht auf den Zug, sondern wanderte das Seeufer entlang. Hier gab es auch am späten Nachmittag noch Sonne. Und hier stand Schloss Grub, hell und schön wie im Bilderbuch. Er schaute nach Hallstatt hinüber. Längst lag der ganze Ort im Schatten.

Als er Obertraun erreicht hatte, war Daniel Käfer sehr müde. Trotzdem ging er unruhig den Bahnsteig auf und ab, bis endlich der Zug kam. Im Waggon hatte er dann Mühe, nicht einzuschlafen. Am Ausseer Bahnhof angelangt, überquerte er die Traun und nahm den steilen Waldsteig, der hinauf nach Sarstein führte.

„Spät bist dran." Maria Schlömmer stellte einen dampfenden Teller Erdäpfelsuppe auf den Tisch. „Gegessen wird."

„Aye, aye, captain."

„Was?"

„Ja, Frau Chefin."

„Wie war's bei der Frau Gamsjäger?"

„Deprimierend. Eine starke Frau oder eine gute Schauspielerin."

„Kommt aufs Gleiche hinaus. Jetzt kriegst ein Bier oder auch zwei. Und dann wird zur Abwechslung einmal geschlafen."

„Ja, Frau Chefin."

Käfer war dann sofort eingeschlafen. Doch noch vor dem Morgengrauen weckten ihn Angst und Unruhe auf. Er blieb mit geschlossenen Augen liegen, grübelte, schlief wieder ein und flüchtige Fetzen Traum mischten sich in wirre Gedanken. Müde stand er auf, ging ins Badezimmer, schaute in sein Spiegelbild und musste lachen. „Du Spottgeburt von Dreck und Feuer!", murmelte er und fing an, sich mit übertriebener Sorgfalt zu rasieren.

Nachher stand er am offenen Fenster und nahm es diesem Tag übel, dass er mit Sonne und blitzblauem Himmel anfing, statt sich grau und grämlich seinem

Gemütszustand anzupassen. Auch den unübersehbar bildschönen Anblick des Dachsteins empfand er als schmerzliche Provokation. Käfer schaute zum Stall und zu den Hühnern hinüber und stutzte. Auf der Bank, die er noch vor wenigen Tagen einträchtig mit Maria Schlömmer geteilt hatte, saßen heute ihr Mann Hubert und, sehr dicht neben ihm, eine blonde Frau, die ihm offenbar angeregt zuhörte. Endlich legte sie auch noch ihren Kopf auf eine Schulter des Erzählers.

„Die Sabine ist da." Maria Schlömmer strich Butterbrote, die sie auch noch mit dicken Wurstscheiben belegte.

„Hab ich gesehen. Wer soll denn das alles essen?"

Keine Antwort. Dann stand auch schon Sabine in der Tür, kein Vorwurf im Gesicht, kein Zorn in den Augen. Käfer stand auf, ging rasch auf sie zu und umarmte sie. Hinter seinem Rücken hörte er Maria Schlömmers Stimme. „Stundenlang könnt' ich mir das anschauen. Wie im Film!"

Sabine schaute über Käfers Schulter zu ihr hinüber. „Liebesfilm oder Psychothriller?"

„Kommt darauf an. Und jetzt gibt es erst einmal Frühstück."

Käfer hob die Kaffeetasse zum Mund und stellte sie ab, ohne getrunken zu haben. „Neues aus Hallstatt, Maria?"

„Nein, leider, oder gottlob."

Sabine schaute ihrem Freund ruhig ins Gesicht. „Du musst nichts sagen, Daniel, der Hubert hat mir vorhin alles erzählt."

„Ja, bist du schon ein paar Tage hier?"

„Nein. Warum?"

„Weil der Hubert nicht gar so viel redet, und wenn, dann langsam. Und eigentlich sagt er mehr, wenn er nichts sagt."

Sabine tauschte einen raschen Blick mit Maria Schlömmer. „Was weiß schon ein Mann über einen Mann? Aber im Ernst: An der ganzen Geschichte ist im Augenblick das Warten am schwersten zu ertragen. Vor allem natürlich für Frau Gamsjäger, aber auch für dich, Daniel. Darf ich mir was wünschen?“

„Freilich.“

„Ich weiß, wie sehr du das Ausseerland magst. Muss schön sein, es mit deinen Augen zu sehen. Zeigst du mir heute was davon?“

„Du suchst dir aber einen denkbar schwierigen Reisebegleiter aus.“

„Frau tut, was frau kann.“

„Hat die Ente auch so etwas Ähnliches wie einen Kofferraum?“

„Ja, hier, im Bürzel.“

Sabine verstaute die Tasche mit den Wurstbroten. „Und wohin jetzt?“

„Keine Ahnung.“

„Endlich ein Mann, der weiß, was er will.“

„Bist du schon einmal in so einem Auto mitgefahren, Sabine?“

„Nicht nur. Ich bin darin auch geküsst worden, ziemlich stümperhaft übrigens. Weitere unzüchtige Handlungen hat der Winter hintangehalten. Ich muss dir ja nichts über die so genannte Heizung dieser Fahrzeuge erzählen. Sag einmal, Daniel: Warum tust du dir dieses Museumsstück wirklich an?“

„Na ja. Vielleicht bin ich ein Zeitlupenrevolutionär. Die Achtundsechziger, Flower-Power und *love, not war* sind mir immer verdächtig gewesen – von allem zu viel und alles auf einmal. Aber ich halte es heute noch mit Leonard Cohen. *I tried in my way to be free.*“

„*Like a bird on the wire*, ich weiß, hab ich sehr gemocht, auch wenn Cohen in meinen Mädchenjahren eigentlich schon von gestern war."

„Und heute?"

„Habe ich eingesehen, dass mein Platz nicht unter den gefiederten Freunden ist. Unsereiner fällt nur zu leicht vom Himmel."

„Verdammt, ja."

„Entschuldige, Daniel."

„Hast ja Recht."

„Manchmal gibt es nichts Dümmeres, als Recht zu haben. Sind die Bremsen in Ordnung? Geht ziemlich steil hinunter da."

„Keine Sorge. Wie geht es dir beruflich derzeit?"

„Endlich wieder einmal gut. Ein Fotokunstprojekt. Es geht um die spröde Ästhetik historischer Industriearchitektur. Und der Auftraggeber versteht was von Fotos, redet aber nichts drein. Wirklich reif, der Mann, für seine Jugend. Und dann hat er noch einen ausgesprochen verschrobenen Humor."

„Muss ich eifersüchtig sein?"

„Musst du nicht. Aber du kannst. Wie geht's der Anna?"

„Verblüffend, mit welcher Leichtigkeit du dich immer wieder dem Thema Hallstatt näherst, Sabine."

„Diesmal aber in unwissender Unschuld."

„Sie studiert dort Instrumentenbau."

„Erstaunliches Mädchen."

„Ja."

Ohne viel darüber nachzudenken, hatte Käfer im Ortszentrum von Bad Aussee die Straße nach Grundlsee gewählt. An der Seeklause blieb er stehen. „In dem kleinen hölzernen Gebäude, das da im Wasser steht, war früher eine Art Teehaus untergebracht. Das ist einer von jenen Andachtsorten, wo Erzherzog Johann seiner Anna Plochl nähergekommen ist."

„Ich weiß Bescheid. Eine antiautoritäre Liebesgeschichte mit Happy End. Fällt irgendwie schwer, daran zu glauben. Und die schlossähnliche Villa da drüben?"

„Hat dereinst Graf Castiglioni gehört. Ein Finanzjongleur, Hochstapler und Gauner von staatsgefährdenden Dimensionen. Wenn er übrigens seiner Frau Rosen geschenkt hat, dann gleich Tausende."

„Die Ärmste. Wohin damit?"

„Es war dann ohnedies bald Schluss mit Rosen, weil er vor die Hunde gegangen ist. Aber es gibt Wichtigeres. Siehst du die kleine Bucht links vom Schloss?"

„Die mit dem Steg ins Wasser? Ja."

„Der Lieblingsbadeplatz des kleinen Daniel Käfer. Damals hat es noch einen Drei-Meter-Sprungturm gegeben."

„Und du bist gesprungen?"

„Einmal. Schief ins Wasser gekommen. Hat ziemlich weh getan."

„Und du würdest heute wieder springen?"

„Nur aus Angeberei oder weil ich glaube, mir oder anderen etwas beweisen zu müssen. Also immer und jederzeit."

„Zynismus steht dir nicht, Daniel."

„Du hast gefragt."

Die beiden setzten ihre Fahrt schweigend fort. Er schaute konzentriert auf die Straße, sie blickte auf den See, in dem sich Himmelblau und Herbstbunt mischten. Nach einer Weile legte Käfer eine Hand auf ihren Oberschenkel und sie legte ihre Hand auf seine Hand.

„Wir stellen die Ente auf dem großen Parkplatz ab."

„Wo sind wir?"

„In Gössl. Ziemlich knorriges Volk hier. Halten sich noch immer einen Friedensrichter aus den eigenen Reihen und pfeifen auf die staatliche Gerichtsbarkeit. Und nicht weit von hier ist der Toplitzsee, du weißt schon."

„Das Ausseerland und die Nazis. Kein sehr idyllisches Kapitel, wie?"

„Nein. Aber das Ziel unserer Wanderung könnte unschuldsvoller und romantischer nicht sein."

„Vergiss nicht die Wurstbrote mitzunehmen, Daniel. Es macht sich immer schlecht, wenn man mitten im Märchen verhungert."

Von der anderen Straßenseite aus führte ein schmaler Weg in den Wald. Übergangslos wurde das Licht dämmrig, nur da und dort fand ein Sonnenstrahl den Weg durch die Baumkronen, ließ Moos und Farne aufleuchten oder das Wasser des Baches glitzern, der den Weg begleitete.

„Fängt gut an, dein Märchen. Gibt's eine Hexe im Wald?"

„Eine? Ganze Horden davon. Aber sie fürchten sich vor dir, Sabine."

„Sie tun gut daran. – Was ist das, da vorne auf der Lichtung?"

„Eine Mühle am rauschenden Bach. Uralt, bemoost, geheimnisvoll."

„Tatsächlich. Doch eher malerisch als mahlend, wie ich unterstellen darf?"

„Ja klar. Das ist die Ranftlmühle. Und der namengebende Maler Matthias Ranftl trägt den zweifelhaften Ehrentitel „Hunde-Raffael". Erst hat er ja in Russland Porträts und Historienbilder gemalt. Aber dann ist er in Grundlsee vollends der Idylle und den Hunden verfallen. Da, schau einmal, Sabine: das Mühlrad, dahinter ein gischtender Wasserfall, darüber ein hölzerner Steg. An diesem wild umtosten Ufer wollen wir uns niederlassen und ins Wurstbrot beißen. Kann Kitsch nicht unsäglich schön sein?“ Käfer lachte. Dann wandte er sich ab.

„Was ist, Daniel?“

„Ach was. Ich halt’s nicht aus.“

Sabine legte ihre Arme um ihn und zog seinen Kopf in ihren Schoß. Sie zeichnete mit den Fingerspitzen die Konturen seines Gesichtes nach und strich das Haar aus seiner Stirn. „Mir geht es nicht viel besser, weißt du? Keine Ahnung, wie es weitergehen soll. Und Angst, Daniel, Angst. Die arme Frau Gamsjäger. Aber egal, was kommt. Du wirst mich nicht los.“

„Danke!“

„Nimm’s nicht als Kompliment. Ich hab begriffen, dass es gefährlich ist, einen Mann wie dich allein zu lassen.“

„Also nur noch miteinander unterwegs? Und eines Tages landen wir in einem Zimmer, in dem der Wind durch unsere leeren Hände pfeift, Nachtfrost ist angesagt. Im Morgengrauen taste ich dann blind nach dir, mit kalten Fingerspitzen, und du drückst mich im Aschenbecher aus.“

„Von wem ist das schon wieder?“

„Daniel Käfer, Drei-Groschen-Poet.“

„Den mag ich sehr. Auch, wenn ihm einmal die schwarzen Pferde durchgehen.“

Käfer setzte sich auf. „Es ist wahrhaftig eine blöde Frage, nach all den Jahren. Aber mit einem ungewissen Schicksal vor Augen und mit der Mühle des Hunde-Raffaels im Rücken frage ich dich hier und hiermit: Willst du mich heiraten, Sabine?“

„Nein.“

„Ach so? Ich denke, alle Frauen wollen geheiratet werden?“

„Typisch männlicher Irrtum. Nicht alle und nicht unter allen Umständen. Frag mich wieder, wenn du mich freiwillig fragst."

„Wenn ich das täte, hätte ich's doch längst getan, Sabine. Greif zu, so billig kriegst du mich nicht wieder."

„Gib mir lieber ein Wurstbrot, du Esel."

„Gesättigt, Liebes?"

„Mehr als das. Aber durstig."

„Das Wasser vom Bach kannst du trinken. Allererste Güte."

Sabine ging zum Ufer und trank aus den hohlen Händen. „Unglaublich! Dass es so etwas überhaupt noch gibt in dieser verdreckten Welt." Sie warf einen Schwall Wasser in ihr Gesicht. Käfer fasste sie zärtlich ins Auge. „Eine Quellnymphe ist nichts gegen dich."

„Du, Daniel, ich habe viel nachgedacht über dich und deine märchenhafte Auszeit hier."

„Und das Ergebnis?"

„Ich beneide dich darum. Du kannst etwas, was ich nie lernen werde: loslassen. Und heute weiß ich nicht einmal mehr, ob es richtig war, dich zu drängen, deine Karriere fortzusetzen. Wenn ich dein bisheriges Berufsleben so betrachte, warst du in jeder Phase ein erfolgreicher Tagedieb. Dir sind die reifen Äpfel einfach vor die Füße gerollt, wenn es an der Zeit war. Vielleicht sollte ich akzeptieren, dass dir schon wieder etwas Schönes über den Weg laufen wird, ohne dein geringstes Zutun."

„Seltsam. Und ich war gerade dabei, deine Sorgen um meine Zukunft zu verstehen. Weißt du was? Eines Tages werde ich deiner Meinung sein und du meiner Meinung und die Streiterei fängt mit vertauschten Vorzeichen von vorne an."

„Wer streitet denn?"

„Hörst du, was ich höre, Sabine? Was hat denn dieses nervtötende Geräusch hier im Wald zu suchen?"

„Um Himmels willen, mein Handy!" Nervös suchte sie nach dem Gerät, fand es endlich. „Ja, Maria, was ist? Wer sagt das? Die Anna? Und seit wann? Ja, wir tun was. Jetzt gleich. Ich berichte dann."

„Was ist?"

„Die Frau Gamsjäger lässt niemand in ihr Haus ... Die Tür versperrt ... Daniel, wir fahren nach Hallstatt. Jetzt."

8

„Geht's nicht schneller?"

„Ich gebe nur noch Vollgas, Sabine."

„Und wenn du erst einmal nach Sarstein fährst und wir steigen in mein Auto um?"

„Sind wir durch den Umweg auch nicht schneller."

„Na, die Anna ist ja da. Und Maria hat die Gendarmerie verständigt. Besser zu viel getan als irgendetwas versäumt. Diese Frau Gamsjäger ... ist ihr eine Kurzschlusshandlung zuzutrauen?"

„Nein. Schon eher unerbittliche Konsequenz. Und ich weiß nicht, was mich mehr beunruhigt."

„Na endlich!" Anna stand an der Uferstraße und schaute zum Oberen Weg hinauf. „Als ich vor einer Viertelstunde wieder einmal beim Haus war, ist die Tür offen gestanden. Eine Nachbarin hat die Frau Gamsjäger gesehen, wie sie weggegangen ist, gerannt eigentlich. Und ziemlich aufgeregt soll sie gewesen sein."

„Und die Gendarmerie?"

„Sucht mit dem Boot das Seeufer ab, Daniel. Ich mag gar nicht dran denken."

Käfer zog Sabine an sich. „Was jetzt?"

Sie überlegte. „So groß ist Hallstatt doch nicht. Wo ist die Kirche, Anna?"

„Die evangelische steht am Ufer. Die katholische weiter oben."

„Eins nach dem anderen."

Erst jetzt wurde Käfer bewusst, wie viele Besucher auch an diesem Wochentag in Hallstatt unterwegs waren. Hastig schob er sich mit Sabine und Anna durchs Gedränge. Nach wenigen Minuten erreichten sie die evangelische Kirche, das Tor stand offen. Käfer trat ein, schaute durch den schmucklosen Raum zum schlichten Holzaltar hin und sah in der ersten Reihe eine Frau knien. Er trat näher. Die Frau hatte wohl seine Schritte gehört und bewegte leicht den Kopf. Dann neigte sie sich dem Altar zu, stand auf und schaute Käfer an. Ihr Gesicht war nass von Tränen und sie dachte nicht daran, sie abzuwischen. Eine Weile stand Frau Gamsjäger still da. Dann hoben sich ihre Schultern. „Ich gehe jetzt nachhause. Lassen Sie mir noch ein wenig Zeit. Und dann kommen Sie meinetwegen nach."

„Lange haben Sie nicht zugewartet, Herr Käfer."

„Sie entschuldigen schon ..."

„Ach was. Setzt euch her zu mir." Sie warf einen schnellen Blick auf Sabine.

„Ihre Frau?"

„Freundin."

„Auch gut. Und du, Anna, sei nicht bös, dass ich dich heute nicht hereingelassen habe. Es war der Teufel los. Frühmorgens ist ein Anruf aus dem Spital gekommen. Zwei Möglichkeiten gibt's: Der Gerd überlebt sicher, aber im Rollstuhl. Oder sie operieren. Das kann allerdings auch bös ausgehen. Sie haben den Gerd nach seiner Entscheidung gefragt und er hat sie mir überlassen, feig, wie alle Helden. Nach einer Stunde hab ich ja zur Operation gesagt. Am Nachmittag ein zweiter Anruf: Es ist gut gegangen." Frau Gamsjäger bedeckte ihr Gesicht mit den Händen. Dann hob sie den Kopf und schaute ihre Besucher an. „Unglück ist auszuhalten. Glück nur schwer."

Daniel Käfer war aufgesprungen und lief auf die Frau zu, wollte sie umarmen. Sie schob ihn von sich. „Machen S' kein Theater. Jetzt können Sie ja beruhigt weiter Unsinn treiben. Tee, die Herrschaften?"

Die drei nickten. Frau Gamsjäger ging zur Küchentür. „Es wird natürlich dauern mit dem Buben. Rehabilitation und so. Das spielt keine Rolle. Der Herrgott hat noch einmal ein Auge zugedrückt. Aber das ändert nichts. Männer werden nie aufhören, sich zu gefährden und damit Frauen weh zu tun." Sie drehte sich um. „Was sagen Sie, Frau ...?"

„Kremser, Sabine Kremser." Sie betrachtete ihren Gefährten. „Ist er nicht lieb, wie er dasitzt, mit ganz kurz gestutzten Flügeln?"

„Die wachsen nach." Dann musste Frau Gamsjäger ja doch lachen, Sabine lachte und Anna lachte und Daniel Käfer glaubte, einen unverkennbar gehässigen Unterton zu hören.

Als die drei dann wieder am Oberen Weg standen, über die Dächer der Uferhäuser auf den See schauten, war Daniel Käfer glücklich. Nicht übermütig, nicht ausgelassen, nicht sentimental, ganz einfach glücklich, wunschlos, nicht mehr und nicht weniger. Anna hatte ihm den Rücken zugekehrt. „He, du!" Er gab ihr einen Stups.

Sie trat nach hinten gegen sein Schienbein.

„Au!"

„Das war für die feuchten Rehaugen damals. Ich hab sie übrigens schon wieder." Ohne sich umzudrehen, ging Anna voraus, die Stufen hinunter zum See.

Vor einem altmodischen Wirtshausgarten dicht am Wasser blieb sie stehen. „Der Bräugasthof. Wie wär's mit einer Jause? Ich könnt' was vertragen."

Der See leuchtete in klaren, tiefen Farben, unter den Schuhen der Serviererin knirschte der Kies. Käfer reckte und streckte sich. Dann hielt er sein Bierglas gegen die letzten Sonnenstrahlen. „Es lebe die gute alte Sommerfrische, nicht wahr?"

Anna legte den Kopf schief. „Von wegen Sommer. Ein paar Tage noch und es ist zu kühl für den Garten. Die Saison ist verdammt kurz hier. Übrigens sitzen wir über dem Wasser."

„Wie soll das denn gehen?"

„Piloten, wie in Venedig. Ein ganzer Wald von Stämmen, hab ich mir erzählen lassen: 250 Kubikmeter Holz. Auch die Vorgärten der anderen Uferhäuser sind so angelegt. Und ab und zu rutscht einer in den See, weil die blöden Taucher bei ihrer Schatzsuche zu viel Material abgraben."

Sabine schaute sich interessiert um. „Also, ich bin zum ersten Mal hier. Aber diesen Ort will ich genauer kennen lernen. Übrigens, Daniel, morgen muss ich für eine oder zwei Wochen weg, meine Arbeit abschließen, du weißt schon."

„Fatal. Dann bin ich ja schon wieder unbeaufsichtigt."

„Das kann ich derzeit riskieren, denke ich. Was hast du vor?"

„Ich werde mich um die Frau Gamsjäger kümmern, ob sie will oder nicht. Und im Übrigen darauf warten, dass mir ein roter, reifer Apfel vor die Füße rollt."

Sabine seufzte. „Da hab ich wieder was gesagt! Sentimentalitäten im Walde angesichts einer Mühle am rauschenden Bach sind jederzeit widerruflich."

„Ah ja?" Käfer grinste.

Anna schluckte ihren Rest Kastanienreis hinunter. „Ich weiß zwar nicht, wie das mit euch so war im Wald, aber zugehört hätt' ich ganz gern."

„Anna, du? Und ich hab geglaubt, du sägst und schmirgelst an deiner Laute herum?" Ein Mann um die sechzig war an den Tisch getreten.

„Ausnahmsweise nicht, Herr Lobisser. Das hier sind übrigens Freunde: Sabine Kremser, Fotografin, und Daniel Käfer, na, wie soll ich sagen?"

„Unfreiwilliger Müßiggänger."

„Danke! Der Herr Lobisser hat die Instrumentenbau-Fachschule gegründet und mein Lieblingslehrer ist er auch."

Käfer hatte bemerkt, dass ihm dieser pädagogisch wertvolle Mann einen sorgsam abwägenden Blick zugeworfen hatte. Jetzt spürte er eine Hand auf seiner Schulter. „Ich freu mich mit Ihnen, Herr Käfer."

„Sie wissen schon?"

„Ich bitte Sie ... Hallstatt. Hier ist nichts ein Geheimnis, oder alles – wie man's nimmt."

„Sind Sie von hier?"

„Ich nicht, aber meine Frau. Der Bräugasthof ist ihr Elternhaus. Eine Brauerei hat es hier schon im 15. Jahrhundert gegeben und seitdem verwachsen altes Holz und alte Mauern miteinander. Seit Jahrzehnten spüren wir hier alten Strukturen nach, legen Oberflächen frei, rekonstruieren und reparieren. Und eigentlich stehen wir gerade erst am Anfang. Aber es ist ein gutes Leben hier. Gehn wir in die Werkstatt?"

„Oh ja!" Annas Augen leuchteten.

Als sie das Haus betraten, war es Käfer, als wäre er durch eine Zaubertür in eine andere Welt geraten. Dicke Mauern, krumm und bucklig das Diktat der Geraden negierend, das Diktat des rechten Winkels sowieso, weite Bogengewölbe. Über eine steile Holztreppe gelangten sie in den ersten Stock. Lobisser trat durch eine offen stehende Tür und winkte seinen Gästen, mit ihm zu kommen. Zwischen alten Möbeln, Truhen und vielen Dingen, deren Natur Käfer fürs Erste Rätsel aufgab, blieb er stehen und wies nach oben. „Hier hängt der Himmel wirklich voller Geigen. Und voller Bratschen, Violen, Lauten, Mandolinen und was sich sonst noch hölzern wölbt und biegt. Und eine Speckseite sollte auch irgendwo hängen. Ach ja, da ist sie ja schon." Er legte sie auf ein Brett auf dem Arbeitstisch und räumte mit sorgfältigen Bewegungen Platz für seine Gäste frei. „Im Augenblick säge und hämmere ich an eisernen Türbeschlägen nach mittelalterlichem Vorbild. Es gibt einfach kein Material, das ich nicht gerne in die Hand nehme, und keine Arbeitstechnik, die mich nicht interessiert." Er holte eine Flasche Rotwein und Gläser hervor, goss ein. „Prost und zugreifen bitte."

„Was ist denn das, in aller Welt?" Käfer zeigte auf ein großes, schlangenförmig gekrümmtes Instrument.

„Ein Kontraserpent, in Fachkreisen auch despektierlich Anakonda genannt. Vier Meter Holz, ein Meter Metall."

„Und klingt wie?"

„Weich, tief und ... nicht leise. Wollen Sie hören?"

„Ja, natürlich."

Lobisser setzte das Mundstück an die Lippen und blies ein paar einfache Tonfolgen. Käfer schloss die Augen und ließ sich in den urtümlichen Klang sinken.

„Eigentlich möchte ich die nächsten paar Ewigkeiten nicht mehr von hier weg."

Anna biss vergnügt in ein Speckbrot und hob ihr Glas. „So geht es mir jedes Mal."

Doch der Gastgeber hatte offenbar andere Pläne. Zwar ließ er seinen Besuchern noch eine gute Weile Zeit für Muße und krause Gedanken, doch dann erhob er sich. „Wir gehen noch ganz hinauf, unters Dach."

Dort angelangt, fand sich Käfer zwischen schweren Balken, blanken Brettern und alten Möbeln wieder. Durch die Fenster drang das warme Licht des späten Nachmittags. In der kleinen Küche unter der Dachschräge hantierte eine Frau im Dirndlkleid. Lobisser wies mit einer feierlichen Handbewegung auf sie hin. „Das ist Verena, meine Frau. Seit achtunddreißig Jahren kann ich mich nicht sattsehen an ihr."

Ein großer schwarzer Hund kam herbei und beschnupperte die Gäste, ein bemerkenswert dicker Kater nahm nach einem leichtpfötigen Sprung auf der Fensterbank Platz. Es gab Kaffee und Apfelstrudel. Wie verzaubert schaute Käfer über den See. Eben noch war da ein sprödes Blau gewesen. Doch schon ließ die untergehende Sonne zartes Orange aufleuchten, das in ein dunkles Türkis floss, fast violett. Dann verloschen die Farben. Arnold Lobisser lächelte breit. „Wir haben wenig Geld hier in Hallstatt. Aber wir leben im Luxus. Und diese Spannung gibt es seit jeher. Die Landschaft, wirtschaftliche und kulturelle Identität, ungebrochen über tausende Jahre hinweg – sie haben Hallstatt berühmt und wertvoll gemacht. Und daneben gibt es eine nicht minder alte Tradition von Ausbeutung, Hunger und Krankheit." Er stand auf, um ein Buch aus dem Regal zu holen.

„Als im 19. Jahrhundert die ersten Reisenden hierhergekommen sind, haben sie, heimgekehrt, je nach

Gemütsart entweder das Elend oder die Schönheit Hallstatts beschrieben. Hier, zum Beispiel, der Reiseschriftsteller Johann Eduard Mader 1807, ich verkürze ein wenig: „*Diese Sudhäuser bieten zugleich das empörendste Schauspiel menschlichen Elends und menschlicher Verworfenheit dar. Gleich beim Eintritte sahen wir uns von einem Heere bleicher, hohlwangiger, leichenähnlicher Menschen umringt, die uns von allen Seiten stießen und zupften und stumm mit flehentlichen Gebärden um ein Almosen baten. Diese Menschen, die fast ganz nackt arbeiten und in Wachen zu 6 Stunden einander ablösen, da die Sudarbeit Tag und Nacht ununterbrochen fortdauert, vegetieren die Hälfte ihrer Lebenszeit in einem ihre Gesundheit, ihre Seelenkräfte und ihren Frohsinn zerstörenden Elemente.*“ Aber es hat auch andere schreibende Touristen gegeben. Recht bekannt zum Beispiel Josef August Schultes. Warten Sie ... ich hab's gleich gefunden. Hier ist es ... „*Lassen Sie uns nun noch über die Dächer von Hallstatt hinweg in den Felsen umhersteigen. Ich sage über die Dächer weg, denn die Häuser sind so dicht an Felsen hingebaut, dass Sie, wenn Sie unten am See in das erste Stockwerk hinaufsteigen, Sie aus dem Zimmer desselben rückwärts ebenen Wegs auf die Felsen kommen, die über die Dächer auf den See herabblicken. An einigen Stellen ist kein anderer Weg in Hallstatt, als über eine Art von Brücke, die über die Dächer der Häuser hingespannt ist. Das sieht dann wirklich sehr bizarr aus und wirkt zuweilen echt chinesisch.*“

Lobisser klappte das Buch zu und schaute auf den See, der nun als dunkler Spiegel unter dem Abendhimmel lag. „Heute ist es nicht anders. Die einen erzählen von Abwanderung, Arbeitslosigkeit und Selbstmordrate, die anderen vom Weltkulturerbe. Nun, wie auch immer: Ihr könnt gerne noch bleiben. Doch wenn ihr geht, dann bitte getreu nach Schultes: *Aus dem Dachgeschoss ebenen Weges ins Freie ...*"

9

„Heute früh sitzen wir anders da als gestern, was?" Maria Schlömmer goss Kaffee in die Tassen. „Und du musst wirklich weg, Sabine?"

„Ja und nein. Mein derzeitiger Auftraggeber lässt mir viel Freiraum. Das verpflichtet aber auch."

Daniel Käfer griff begehrlich nach der goldgelben Bauernbutter. „Gilt nicht für Tagediebe. Wo wirst du dich umtun, als arbeitender Teil der Menschheit?"

„Nordrhein-Westfalen und Saarland. Stillgelegte Hüttenwerke, Elefantenfriedhöfe der Industrie sozusagen. Faszinierende Motive, Daniel."

„Bringst du die Fotos mit, wenn du wiederkommst?"

„Ja, wenn du magst." Sabine Kremser stand auf. „So gerne ich's täte. Aber ich darf den Tag nicht verbummeln. Bis bald also!"

„Moment, ich komme mit, ein paar Schritte wenigstens."

Vor dem Haus zog er sie an sich, nahm ihren Kopf zwischen beide Hände und drückte seine Stirn an die ihre.

„Das nenn ich ein beredtes Schweigen und einen sehr fruchtbaren Gedankenaustausch, Daniel."

„So war's gemeint."

Er sah sie einsteigen, sah sie losfahren. Das Band der Nähe dehnte sich und zerriss. Es tat kaum weh. Käfer startete seine Ente und folgte dem Weg, den er tags zuvor mit Sabine genommen hatte. Im Ortszentrum von

Aussee suchte er aber diesmal einen Parkplatz, weil er seit langer Zeit wieder einmal Lust auf den Kastaniengarten der Konditorei Lewandofsky hatte. Seltsam, überlegte er auf dem Weg dorthin, Hallstatt und Aussee waren kaum zwanzig Kilometer voneinander entfernt und dennoch zwei Welten. Hier hatte der Fremdenverkehr ein neues Ortsbild geschaffen und eine Atmosphäre, deren elegante Leichtigkeit stets zu spüren war, auch wenn sie ein wenig theatralisch ausfiel. In Hallstatt hingegen waren große Gasthöfe und Andenkengeschäfte mehr Dekor als Denkmäler tiefgreifender Veränderung.

Auch im Herbst war der Kastaniengarten an einem schönen Tag wie diesem voller Menschen. Daniel Käfer war gerade dabei, ein freies Tischchen zu suchen, als er hinter sich eine bekannte Stimme hörte.

„Hierher, alter Freund und Kampfgefährte!"

Er wandte sich rasch um und schaute in das von einem Trachtenhut beschattete Gesicht von Bernd Rösler. „Du, hier? Und in diesem Aufzug?" Er nahm am Tisch seines ehemaligen Vorgesetzten Platz.

Rösler, geradezu aufdringlich entspannt, lehnte sich im Sessel zurück und streckte die Beine unter dem Tisch aus. „Zwei Fragen auf einmal, Daniel. Ich bin hier, um mich zu erholen und so zwischendurch und nebenbei interessante Leute zu treffen, wie fast jedes Jahr im Herbst. Ein echter Ausseer, sozusagen. Und was du als meinen Aufzug bezeichnest, ist noch viel echter. Was sagst du zu meiner Lederhose?"

„Vor wie vielen Jahren hast du denn die bestellt?"

„Du bist naiv, mein Guter, warst du schon immer. So etwas bestellt man nicht. Man erwirbt es antiquarisch. Setzt natürlich eine gewisse Kaufkraft voraus."

„Natürlich."

„Und du, Daniel, ziehst also neuerdings den Gipfeln und Eishöhlen wieder Gastgärten vor. Wie klug von dir."

„Woher weißt denn das schon wieder?"

„Bevor ich im Vorstand unseres Konzerns gelandet bin, war ich, wie du eigentlich wissen solltest, ein recht passabler Lokalreporter."

„Bar jeder hinderlichen Diskretion und ziemlich skrupellos, nicht wahr?"

„Du sagst es. Macht mich direkt verlegen, dein Lob. Wie geht's dir denn so?"

„Gut."

„Wie schön zu hören. Was ich sagen wollte ... wir lassen einen Mann wie dich natürlich nicht einfach laufen, auch wenn er geht."

„Hübsche Formulierung."

„Im Ernst, Daniel: Es gibt Überlegungen, dich einzubinden, ohne dass du Berührungsängste haben müsstest. Was ist? Habe ich dich erschreckt?"

„Nein. Mir ist nur die Sabine eingefallen. Zum Teufel mit ihrer prophetischen Begabung."

„Kluges Kind, ich weiß. Und irgendwie betreffen unsere Pläne ja auch sie. Es gibt ein wirklich interessantes Projekt, Daniel. Wie dir bekannt sein dürfte, haben wir im Vorjahr den Verlag Balthaus gekauft. Eine Leiche, aber schön, ehrwürdig und von untadeligem Ruf."

„Vom Konzern geschändet und als Worthülse missbraucht."

„Wie du das sagst! Neues Leben blüht aus den Ruinen! Ein Vorschlag, Daniel. Ich lege die Sache einmal aufrichtig dar und du versuchst mir ohne Vorurteile zuzuhören. Mehr will ich gar nicht von dir."

„Also gut."

„Wir leben in einer Zeit, in der nur noch Superlative einigermaßen wahrgenommen werden. Also haben wir uns entschlossen, eine Buchreihe zu konzipieren, die an Qualität und Ausstattung alles Vergleichbare weit hinter sich lässt. Ultimative Mega-Coffee-Table-Books sozusagen, Prachtbände, deren innere Werte aber dem äußeren Erscheinungsbild mehr als entsprechen. Kannst du mir folgen?“

„Man möchte es kaum glauben, ja.“

„Also weiter im Text. Diese Bücher möchten wir Regionen widmen, die auf ihre Weise einzigartig sind. Das Prädikat Weltkulturerbe ist dabei eine gute Orientierungshilfe, nicht mehr. Zwölf Bände sind angedacht, weil das eine so schöne Zahl ist. Wir drucken gewaltige Auflagen in vielen Sprachen, vertreiben international und verdienen sogar noch am beträchtlichen Rest, der ganz gezielt im Billigbuchhandel landen wird. So nebenbei gesagt: Bei einem dermaßen anspruchsvollen und gewagten Projekt erwarten wir uns natürlich die entsprechenden Subventionen.“

Käfer hatte zwischendurch Kaffee bestellt. Jetzt nippte er nachdenklich an der kleinen Tasse. „Und weiter?“

„Ich will nicht zu viel versprechen, Daniel. Das Ganze ist vorerst nicht viel mehr als eine Idee. Aber wir suchen jemanden, der das Konzept im Detail ausarbeitet und auch einen Prototyp andenkt. Und das Thema dieses Erstlings wird dir Tränen der Freude und der Ergriffenheit in die Augen treiben: das Salzkammergut. Wäre das nicht etwas für dich?“

„Da müsste ich schon mehr wissen.“

„Gut. Es geht um einen Bild-Text-Band, dessen künftiger Herausgeber vielleicht Daniel Käfer heißen wird. Selbstverständlich könntest du als Autor mitwirken, wie auch deine Sabine als Fotografin. Insgesamt geht es darum, die besten verfügbaren Kreativen ins Team zu holen, natürlich auch die Prominentesten oder Angesagtesten. Nun zucke nicht gleich schmerzlich zusammen, Daniel. Ohne Namen geht gar nichts. Und manchmal haben Talent und Ruhm ja sogar miteinander zu tun."

„Seltener, als man glaubt, Bernd. Und für mich geht es, wenn ich dich recht verstanden habe, um freie Mitarbeit?"

„So ist es. Vorerst beschränkt auf das Konzept. Wir bieten dir als Honorar und Aufwandsentschädigung einen recht großzügigen Pauschalbetrag an. Kosten, die für uns darüber hinausgehen, sind durchaus verhandelbar."

„Das erinnert mich an die Streiterei um die Höhe meiner Abfertigung."

„Wer wird denn nachtragend sein, Daniel. Was ist nun?"

„Muss ich das hier und jetzt entscheiden?"

„Nein. Mein herrlicher Konzern ist sogar zu einer noblen Geste bereit, was zugegebenermaßen nicht wirklich typisch für ihn ist. Und solche Gesten sind umso eindrucksvoller, je konkreter sie zu beziffern sind." Rösler holte ein Plastikkärtchen aus seiner Brieftasche. „Der Betrag auf diesem Konto steht dir zur Verfügung und verpflichtet dich zu nichts. Er soll nur die Mühe erster Überlegungen und ein paar Sondierungsgespräche abdecken."

„Eine angenehme Begleiterscheinung."

„So ist es. Du entschuldigst mich, Daniel. Ich habe einen Termin beim Bürgermeister, nicht zuletzt auch in dieser Angelegenheit. Darf ich dein, nun ja, prinzipielles Interesse deponieren?"

„Meinetwegen."

„Wirst du einen Laptop brauchen? Könnte ich organisieren."

„Nein, danke. Ich werde mir ein Schulheft kaufen. Liniert."

Käfer blieb noch lange sitzen und überlegte. Dieser Fuchs von Rösler kannte ihn viel zu gut. Er wusste, wie sehr ihn die Aufgabe reizte und wie unwichtig ihm letztlich der finanzielle Gegenwert war. Am Ende der Geschichte würde ihm Sabine wieder einmal vorrechnen, dass er sich auf ein Verlustgeschäft eingelassen hatte. Aber er konnte guten Gewissens hierbleiben, Kontakte knüpfen, seine Kenntnisse vertiefen und seine beruflichen Fähigkeiten üben. Also machte er sich auf den Weg in die Ischler Straße und erwarb in der Papierhandlung Frömmel ein Schulheft.

Später setzte Käfer seine Reise auf den Spuren des gestrigen Ausflugs fort. Bei der Ranftlmühle angekommen, folgte er dem Wegweiser zum Toplitzsee. Er spürte den weichen Waldboden unter den Füßen, nahm genießerisch Gerüche und Geräusche wahr, konnte aber nicht aufhören zu grübeln. Käfer gestand sich ein, dass er auf dem besten Wege war, seine Arbeit aufzunehmen. Dieser Schurke von Rösler! Und irgendwie musste er ihm auch noch dankbar sein. Es war Mittag geworden, als er das Seeufer erreichte. Vor einem hölzernen Wirtshaus, der Fischerhütte, standen gedeckte Tische.

Käfer nahm Platz, schlug sein Notizheft auf und notierte schon einmal ein paar Namen, die ihm in den Sinn kamen. Er bestellte Weißwein und gebratenen Saibling und während er mit beträchtlichem Wohlbehagen aß und trank, schrieb er weiter in sein Schulheft. Fast unwillig legte er es zur Seite und schaute zum See hin, der sogar in der Mittagssonne dunkel und ernst wirkte. Natürlich war der Toplitzsee ein Thema für das geplante Buch. Doch hier fingen auch schon die Probleme an: Jene, die über seine angeblichen Geheimnisse Abhandlungen oder ganze Bücher geschrieben hatten, wussten nicht allzu viel, und jene, die wirklich etwas wussten, taten wohl gut daran, zu schweigen. Ganz abgesehen davon: Wie politisch durfte ein solches Buch sein? Musste es sich nicht damit begnügen, mit Glanz und Gloria Klischees zu bedienen? Plötzlich war Käfer schlecht gelaunt, zahlte, stand auf und nahm den kürzesten Weg zurück zum Parkplatz.

Die Ampel vor der Engstelle der Hauptstraße in Aussee zeigte Rot. Käfer wartete ungeduldig, obwohl er es doch gar nicht eilig hatte. Er hörte ein Klopfen, schaute zum rechten Seitenfenster und sah ein grinsendes Gesicht. Die Beifahrertür wurde geöffnet, ein junger Mann in Tracht und mit Dreitagebart ließ sich in den Sitz fallen. „Urig, das Auto. Und du bist der Daniel?“

„Ja. Mit wem hab ich das Vergnügen?“

„Mit dem Marc Moser. Markus eigentlich, aber für so einen langen Namen fehlen mir Zeit und Geduld. Marc übrigens mit c, das ist hip. Der Bernd war beim Bürgermeister, nachher war der Bürgermeister bei mir und jetzt bin ich bei dir. Wer zu spät kommt, den bestraft das Leben.“

„Wird schon stimmen. Was kann ich für dich tun?“

„Nichts da. Ich möcht' wissen, was ich für dich tun kann, ich meine als der Einzige, der was weiterbringt im Stadtmarketing. Wohin bist du unterwegs?“

„Wenn ich das wüsste.“

„Herrlich, muss ich mir merken, die Antwort. Du fährst also bitte nach Altaussee. Hab was zu erledigen dort."

„Als Bad Ausseer?"

„Klar. Irgendwann müssen die dicksten Dickschädel begreifen, dass wir alle in einem Boot sitzen und verdammt noch einmal in die gleiche Richtung rudern sollten. Aber ganz abgesehen davon: keine schlechte Idee, mit dem Buch da, aber ein Nischenprodukt, wenn du mich fragst. Es sei denn, wir peppen es auf, aber anständig."

„Und womit, wenn ich fragen darf?"

„Wird uns schon was einfallen. Das geheime Liebesleben vom Erzherzog Johann. Letzte Grüße der Nazis als geheimnisvolle Runenschrift in der Gösslwand."

„Gibt es die denn?"

„Die Gösslwand schon. Den Rest natürlich nicht. Lässt sich aber machen. Sehr begeistert schaust ja nicht drein."

„Warum auch?"

„Ist ja egal. Wir, also ich und meine Kollegen im ganzen Salzkammergut, sind jedenfalls dazu da, für dich das Unmögliche möglich zu machen, ohne Wenn und Aber. Klar?"

„Völlig."

„Und was die Fotos betrifft, kannst gern meine haben. Zwei Schuhkartons voll."

„Sehr nett, wirklich. Wohin in Altaussee?"

„Bleibst beim Schneiderwirt stehen. Ohne eine Halbe Bier im Bauch halt ich meinen nächsten Gesprächspartner nämlich nicht aus. Und da ist meine Handynummer. Bin immer zu erreichen. Achtundvierzig Stunden täglich, weil meine Zeit doppelt zählt. Alsdann!"

10

Schon einmal in Altaussee, parkte Käfer sein Auto, schlenderte durch den Ort und setzte sich vor dem Café Fischer in die Sonne. Er öffnete sein Schulheft, fügte Notizen hinzu und dachte zwischendurch an Marc Moser und dessen beunruhigende Effizienz. Das Buchprojekt verhalf ihm offenbar, noch bevor es Gestalt angenommen hatte, zu einer gewissen Präsenz in diesem merkwürdigen Universum namens Salzkammergut. Das bedeutete Unruhe, unerwünschte Vereinnahmung, aber vielleicht auch berufliche Anerkennung. Er beschloss erst einmal ruhig abzuwarten. Später konnte er sich ja noch immer entscheiden.

Dann sah Käfer einen Schatten auf sein Schulheft fallen, blickte hoch und schaute in Eustach Schillers vertrautes Lächelgesicht. Keine Spur mehr von der zornigen Erregung damals in Hallstatt.

„Herr Schiller! Sie würden es kaum glauben, aber Sie kommen wie gerufen."

„Das Buchprojekt, nicht wahr, mein Lieber?" Schiller nahm Platz und schaute Käfer forschend in die Augen. „Enthusiasmiert? Voller Tatkraft und Ideen?"

„Davon kann noch keine Rede sein. Sagen wir: spielerisch Gedankenketten knüpfend, unschlüssig abwägend."

„Wenn ich Ihnen dabei als Mensch gewordene Salzkammergut-Enzyklopädie nützlich sein kann – gerne."

„Ich bedanke mich schon jetzt. Tut mir übrigens leid, dass ich Sie in Hallstatt brüskiert habe, Herr Schiller. Aber so benimmt sich eben einer, der mit den Nerven ziemlich am Ende ist."

„Nun ist ja alles gut gegangen und Sie sind nicht mehr in der demütigenden Lage, einen Freund in der

Not zu brauchen. Lassen wir uns also von der kühlen Sonne der Unverbindlichkeit bescheinen. Sie beschwören demnach hier den Genius Loci?"

„Wie? Ach so, das Café Fischer und der Altausseer See als Tintenfass der Poeten ... Ist ja wirklich erstaunlich, in welchem Ausmaß das Salzkammergut und speziell das Ausseerland Kreative anlockt, nicht wahr?"

„Ja, damals wie heute. Nur als sich die Nazis hier breitmachten, ist das heitere Künstlervölkchen auf eine erbärmliche Schar von arischen Mitläufern geschrumpft. Wird dieser geistige und kulturelle Exodus ein Thema für Sie sein?"

„Ich hoffe es, vorausgesetzt das Projekt wird je verwirklicht."

„Wussten Sie übrigens, dass sogar Theodor Herzl zu den Stammgästen im Ausseerland zählte? Erst hat er in einer der Praunfalk-Villen logiert, dann mit seiner Familie Sommer für Sommer im Schneiderwirt. Sein Fahrrad hat er bei jeder Abreise einfachheitshalber im Ausseerland zurückgelassen. Da ist es meines Wissens noch immer. Zuletzt hab ich's im Kammerhof gesehen. Na ja. Etwas anderes: Das Literaturmuseum ist Ihnen ein Begriff?"

„Leider nicht."

„Wenige Schritte von hier, im Amtshaus. Alois Mayrhuber, ein Gendarm, kunstsinnig und gebildet, hat es gegründet. Eine unschätzbar wertvolle Fundgrube, auch für Ihre Arbeit."

„Guter Hinweis, danke. Ich fange ja eben erst an, das Salzkammergut ein wenig besser zu begreifen."

„Und Sie werden es nie wirklich verstehen, so wie ich, trotz meines angelesenen Wissens. Nehmen Sie nur diese kleinteilige Vielfalt, für die es tausendundeine Erklärung gibt. Hinter jeder Ecke tut sich eine neue

Welt auf. Was hat Gmunden, großzügig, elegant und hochnäsig, mit dem finsteren, verschrobenen, hintersinnigen Hallstatt zu tun? Was verbindet die Arbeitswelt von Ebensee mit dem kaisergelben Theater in Bad Ischl, was hat das fromme Kleinod Traunkirchen mit dem knorrigen Goisern zu schaffen? Sehen Sie große Gemeinsamkeiten zwischen Altaussee und Bad Aussee? Und liegt Grundlsee nicht auf einem anderen Planeten? Das einzige verbindende Element, hier wie dort und hüben wie drüben, sind seltsame Gestalten wie Sie und ich, die im vermeintlichen Abbild ihrer Seelenlandschaft fremd bleiben wie am ersten Tag und sich unter Menschen, die sie glauben zu kennen, lächerlich machen. Sollte Ihr Buch je erscheinen, wird es groß und glänzend sein, tief und klug, farbig und facettenreich, oberflächlich und ahnungslos."

„Also sollte ich es bleiben lassen?"

„Wo denken Sie hin! Ich erwarte mir ein Scheitern auf höchstem Niveau. Faszinierend."

„Danke. Vorhin bin ich übrigens von einem gewissen Marc Moser angefallen worden. Hat mich mit seiner Unterstützung bedroht."

„Ich kenne ihn. Unerträglich und unersetzlich zugleich. Sie werden noch Ihre helle Freude an ihm haben. Nun leben Sie wohl, mich rufen sinistre Geschäfte. Und darf ich Sie auch einen Freund nicht nennen, so doch neige ich mich vor dem Bruder im Geiste."

Manieriert winkend ging Schiller davon. Käfer schaute ihm aus schmalen Augen nach und machte sich dann ebenfalls auf den Weg. Er wollte noch nach Hallstatt, um Frau Gamsjäger zu sehen. Er suchte einen schmalen Fahrweg, den er von früher her kannte, fand ihn und fuhr gemächlich über einen bewaldeten Höhenrücken nach Lupitsch und von dort über den

Pötschenpass. Er mochte diesen kleinen Umweg nach Hallstatt. Vom Ort Steeg an, wo eine Brücke die Ausmündung der Traun überspannte, folgte die Straße dem Seeufer. Allmählich rückten die Berge dicht aneinander, zwängten den lang gestreckten See zwischen ihren felsigen Flanken ein und die Welt wurde enger und dunkler. Wie durch einen Trichter mündete die Straße endlich in jenen Tunnel, der oberhalb des Ortes, aber immer noch tiefer als die höchstgelegenen Häuser durch den Fels führt.

Es war spät am Nachmittag und Käfer fand Platz auf einer der kleinen Parkterrassen über den Dächern. Er folgte der steilen Treppe, die zum Ort hinabführte, und ging den Oberen Weg bis zu Frau Gamsjägers Haus. Die Tür war verschlossen. Also schlenderte Käfer zum Marktplatz hinunter, spähte durch die Scheiben der wenigen Geschäfte, die sich hier halten konnten, ging auf der Uferstraße den See entlang und fand kurz vor dem Ortsende Stufen, die wieder zum Oberen Weg führten. Auf einer geräumigen Holzbank sah er Frau Gamsjäger sitzen, neben ihr stand eine Einkaufstasche. Sie bemerkte ihn und wies mit der Hand auf den freien Platz. „Auch wieder einmal da?“

„Ich wollte Sie besuchen. Und in Ihrem Haus hab ich Sie nicht vorgefunden.“

„Ich war einkaufen. Einen Fleischhauer gibt es wenigstens noch in Hallstatt und eine Bäckerei. Mich wundert es, dass die durchkommen. Jetzt geht es ja noch. Aber dann, wenn die Fremden weg sind ... weniger als tausend Menschen wohnen noch hier. Und jedes Jahr sind’s noch weniger. Die einen wandern ab, die anderen bringen sich um.“

„Wie Sie das sagen! Aber es kommen doch auch welche dazu. Leute von der Holzfachschule, Künstler.“

„Ja, Spinner halt. Sonst würden sie nicht bleiben. Wissen Sie übrigens, Herr Käfer, wo Sie sitzen?"

„Auf einer Bank."

„Ja. Und die war früher der Rastplatz für die Kerntragweiber. Die haben das Kernsalz auf Buckelkraxen vom Hochtal zum Ufer hinuntergetragen. Über fünfhundert Höhenmeter, bis zu tausend Zentner im Jahr. Als dann später Männer mit Schlitten diese Aufgabe übernommen haben, waren die Arbeiterinnen alles andere als froh, dass sie die blutige Schinderei los waren. Es ist ums Geld gegangen. Ein Schandlohn zwar, aber bitter notwendig fürs Überleben. Und Kinderarbeit gehört auch zum stolzen Weltkulturerbe, wie die vielen Kretins dazugehören, die es gegeben hat. Inzucht, Herr Käfer. Hallstatt war nicht viel besser als ein Arbeitslager. Und ein paar wenige haben sich bereichert. Kommen S' mit, es wird kühl, wir gehen zu mir."

Frau Gamsjäger blieb vor ihrem Haus stehen. „Schaut nicht schlecht aus, wie? Aber die Mauern sind feucht, überall gibt es Sickerwasser und im Winter dann Eis. Viele von den Häusern hier stehen leer, weil den Leuten die muffige Kälte zu viel wird und der ewige Schatten."

„Aber Sie sind doch ganz gern hier, oder?"

„Dem Gerd hat es schon immer gefallen in Hallstatt. Und das Haus mag er, weiß der Teufel, warum. Also, ich könnt' darauf verzichten."

Sie ging die Treppe zur Haustür hinauf, sperrte auf und trat ein. Käfer folgte ihr. „Ich muss schon sagen, Frau Gamsjäger, die Nacht unter Ihrem Dach zählt zu meinen schönsten Erinnerungen. Kein Hotelzimmer der Welt würde ich dafür eintauschen."

„So?" Sie stellte die Einkaufstasche hinter die Küchentür und ging ins Wohnzimmer voraus. „Jetzt ist es fünf und ich muss Licht machen. Na ja, gemütlich ist es schon auch irgendwie. Kräutertee?"

„Ja bitte. Ich glaub, ich spür schon langsam, wie er mich gesünder macht."

„So schnell geht das nicht. Aber ich könnt' einen Schnaps hineintun. Dann bilden Sie sich wenigstens ein, dass es Ihnen besser geht."

„Lieber nicht. Ich bin mit dem Auto da. Sagen Sie, Frau Gamsjäger: Wie geht's dem Gerd? Soll ich ihn besuchen, und wo ist er überhaupt?"

„Es geht ihm ganz gut, auch wenn er saugrantig ist, weil er sich kaum rühren kann und jede Bewegung weh tut. Besuchen sollen Sie ihn nicht, sagt er. Erst wenn er Kraft genug hat, Sie zu erschlagen, dürfen Sie kommen."

„So bös ist er auf mich?"

„Vielleicht meint er es nicht so. Den vertrackten Humor hat er von seinem Vater."

„Entschuldigen Sie, wenn ich frage: Was war mit ihm genau und wann war das?"

„Kann jeder wissen. Am dritten Juni 1985 ist er mitsamt seiner Freundin und Seilkameradin aus der Dachstein-Südwand gefallen, weil sie einen Fehlgriff getan hat oder so. Vielleicht hat s' ihm zu viel auf den Hintern g'schaut."

„Aber!"

„Es ist, wie es war. Die Triumphe eines Männerlebens: so viele Abschüsse, wie geht. Egal ob Frau oder Gams."

„Da war der Gerd ja noch ganz klein?"

„Zwei Jahre alt, der Rotzbub. Und ich hab schauen können, wie ich uns durchbring. Es war für mich noch schwieriger als für andere. Na ja, wie soll ich sagen. Ich heiß Gerhild mit Vornamen. Mein Vater ist 1936 zur

Welt gekommen. In den 60er Jahren bin ich getauft worden. So viel zum Thema politische Lernfähigkeit in unserer Familie. Eine Zeit lang bin ich putzen gegangen, in Häuser, die nur im Sommer und zum Wochenende bewohnt werden. Dann war ich Serviererin, den Sommer über, bis der Wirt sparen hat müssen. Und irgendwann war der Gerd so weit, dass er beitragen hat können zum Überleben."

„Aber damit ist es jetzt erst einmal vorbei und ich bin dran schuld. Also, Frau Gamsjäger ..."

„Kommen S' mir nicht schon wieder mit Ihrem Geld. Noch nehm ich keine Almosen."

„Ich könnte wieder einziehen, unter dem Dach, und bei Ihnen essen. Das wär' dann ein regelmäßiges Einkommen."

„Dazu müsst' ich erst einmal Ihr Gesicht aushalten, jeden Tag. Was war das für ein Beruf, den Sie gehabt haben und jetzt nicht mehr haben?"

„Journalist."

„Hört man aber wenig Gutes von denen."

„Na ja."

„Und Sie sind viel in der Welt herumgekommen und so?"

„Ja, schon."

„Und dabei lernt man eine Menge Leute kennen, wichtige, reiche und gescheite, nicht solche Schattenpflanzen wie unsereins?"

„Sie sind aber wichtig für mich, Frau Gamsjäger."

„Den Kunsthonig schmieren Sie einer anderen ums Maul. Ihre Freundin ist ganz nett."

„Finde ich auch."

„Und warum ist sie dann nicht Ihre Frau?"

„Weil ... ich möcht' ihr so etwas wie mich lieber nicht antun, als Ehemann."

Frau Gamsjäger schaute Käfer ein wenig überrascht ins Gesicht. Dann lachte sie. „Ein ehrlicher Hallodri, immerhin." Rasch wurde sie ernst. „Der Gerd war nicht gut versichert. Die Rehabilitation in Tobelbad wird teuer werden."

„Aber ich habe doch schon gesagt ..."

Ihre Hand fuhr gebieterisch durch die Luft. „Kein Wort mehr darüber. Und jetzt zeig ich Ihnen was. Damit dürfen Sie Ihre Schulden abtragen, wenn Sie können."

Käfer schaute ihr kopfschüttelnd nach, wie sie ins Schlafzimmer ging. Als sie zurückkam, trug Frau Gamsjäger eine kleine Schachtel aus dickem Karton in Händen, die sie vorsichtig auf den Tisch stellte. Sie hob den Deckel ab und legte ein etwa handgroßes Beil aus Bronze vor Käfer hin, auf dessen stumpfer Seite eine plastische Darstellung von Pferd und Reiter angefügt war. „Sie kennen natürlich die Geschichte mit dem Gräberfeld im Hochtal?"

„Ja, so ungefähr. Und Sie wollen doch nicht sagen, Frau Gamsjäger ..."

„Damals sind viele von den ausgegrabenen Sachen ganz schnell verschwunden. Man hat es noch nicht so genau genommen. Und das da ist Familienbesitz, seit vielen Generationen schon."

„Um Himmels willen! Wenn das offiziell wird, sind Sie das gute Stück vermutlich los."

„Denk ich mir auch. Aber es wird wohl irgendwelche reichen Sammler geben, die nicht lang fragen, wo das herkommt. Ich brauche das Geld, Herr Käfer, verstehen Sie?"

„Natürlich versteh ich. Aber ich bin doch kein Hehler."

„Kennen Sie keinen, den so etwas interessieren könnte? Wirklich keinen?"

„Na ja ... vielleicht ... und Sie haben so viel Vertrauen zu mir?“

„Zu Ihnen nicht, Herr Käfer. Aber zu Ihrem schlechten Gewissen.“

11

Käfer hatte bei Frau Gamsjäger das Fundstück aus der Vorzeit auf eine Seite seines Schulheftes gelegt und die Umrisse nachgezeichnet. Dann war er gedankenverloren über den Koppenpass nach Aussee gefahren. Er wurde den trüben Verdacht nicht los, dass er auf dem besten Weg war, in neue Probleme zu geraten. Jedenfalls nahm er sich vor, so wenig wie möglich darüber zu reden. Maria Schlömmer erzählte er am Abend nur von seinem Buchprojekt und bekam als Antwort einen mäßig interessierten Seitenblick. Früher als sonst stieg er die Treppe zu seinem Zimmer hinauf, saß lange da und grübelte. Vorerst war jedenfalls die rechtliche Situation zu klären und dafür war sein Bruder Heinz, Jurist in Graz, wohl bestens geeignet. Und dann musste Käfer sein Wissen um die damaligen Ausgrabungen vertiefen, um in allfälligen Verkaufsgesprächen nicht allzu naiv aufzutreten. Und mit wem konnte er überhaupt reden? Natürlich dachte er an Eustach Schiller. Der Mann war reich und skrupellos genug, um bei einer derartigen Gelegenheit nicht abzuwinken. Gleichzeitig würde ihn seine Gier daran hindern, die Angelegenheit publik zu machen.

Gleich nach dem Frühstück begab sich Käfer ins Ausseer Postamt, wo er ungestört telefonieren konnte. Sein um einige Jahre älterer Bruder stand knapp vor der Pensionierung. Doch noch war er in seiner Anwaltskanzlei aktiv, in einem geradezu beunruhigenden Ausmaß aktiv, wie es seine Mitarbeiter gequält lächelnd zu bestätigen pflegten. Allerdings hatte er es aufgegeben, vor Gericht zu plädieren. Er sorgte lieber im Hintergrund für die immer wieder verblüffenden Erfolge von Käfer & Co.

„Daniel, kleiner Bruder! Stehst du unter Verdacht, bist du angeklagt oder sitzt du bereits?"

„Es geht noch um ein frühes Vorstadium meiner kriminellen Laufbahn, Heinz."

„Jeder fängt klein an. Also?"

„Ich drücke mich absichtlich allgemein aus, um dich nicht zum Mitwisser zu machen."

„Wie edel gedacht. Aber das Herz eines Anwalts ist ohnedies eine professionelle Mördergrube."

„Und mit so einem Menschen bin ich verwandt! Im Ernst: Jemand hat ein sehr wertvolles antikes Fundstück in seinem Besitz ..."

„Wie hat es dieser Jemand bekommen?"

„Geerbt von Leuten, die's auch geerbt haben."

„Und wann könnte eine erste ... Aneignung stattgefunden haben?"

„Im 19. Jahrhundert ..."

„Geht es um das Gräberfeld im Hallstätter Hochtal?"

„Du denkst zu viel, Heinz."

„Also habe ich Recht. Was ist jetzt mit dem Fundstück?"

„Es soll zu Geld gemacht werden, zu möglichst viel Geld."

„Das ist relativ einfach. Es ist nicht verboten, einen derartigen Gegenstand zu besitzen, und verkauft werden darf er auch – wenigstens, solange er im Inland bleibt."

„So? Das überrascht mich. Aber im Ausland wäre wohl ein besserer Preis zu erzielen, hm?“

„Es dürfte kaum möglich sein, für das gute Stück eine Ausfuhrgenehmigung zu bekommen.“

„Einmal angenommen, ich biete es gezielt einem Deutschen an, der häufig in Österreich ist? Interesse und Verschwiegenheit dürfen unterstellt werden.“

„Ich weiß, an wen du denkst, Daniel. Bleibt trotzdem ungesetzlich und riskant, die Sache. Was hast du damit zu tun?“

„Vermittlerrolle. Ohne jede Gewinnabsicht. Und die Besitzerin des Stückes hat Geld bitter nötig.“

„Das ist bedauerlich, ändert aber nichts an der Gesetzeslage.“

„Weiß ich. Hast du eine Ahnung, was so ein Fundstück wert sein könnte?“

„Nicht einmal annähernd. Aber ich kann mich umhören. Schließlich liegt ja auch im Grazer Joanneum einiges aus Hallstatt.“

„Danke, Heinz, wirklich. Du bist ein Schatz.“

„Sag das meiner Frau. Die hat da so ihre Zweifel.“

Käfer zog es schon wieder nach Hallstatt. Dort angekommen, verbrachte er eine gute Stunde im Prähistorischen Museum. Zu seiner Freude sah er, dass es dort auch ein dickleibiges und offenbar sehr profund gestaltetes Buch zu kaufen gab, Hans Jörgen Urstögers Hallstatt-Chronik.

Dann fuhr er mit der Standseilbahn zum Salzberg-Hochtal hinauf, wanderte über die Ausgrabungsstätten und sah zu seiner Überraschung, dass dort allem Anschein nach immer noch geforscht wurde. Und vor dem mächtigen Rudolfsturm standen gedeckte Tische.

Minuten später saß Käfer hoch über dem See, trank Bier, verzehrte eine Bratwurst, schlug das dicke Buch auf, blätterte und las sich leichthin über Jahrtausende hinweg.

So zwischendurch stieß er dabei auch auf die Geschichte des nunmehr so gastfreundlichen Turmes. 1284 hatte ihn Herzog Albrecht bauen lassen und ihm den Namen seines Vaters gegeben. Dann ließ er die Sudpfannen dampfen, dass es eine Freude war, und machte sich einen anderen Salzfürsten, den Erzbischof von Salzburg, zum Feind. Der Salzkrieg tobte, Albrecht verlor ein Auge und seine blühende Gesichtsfarbe, doch der Rudolfsturm hielt stand. Ja, und dann, Jahrhunderte später ... Da kam die Vorzeit ans Licht. Im Jahre 1846 hatten Bergleute in einer Schottergrube im Hochtal „seltsame Antiken" entdeckt. Zweitausend Gräber in der Nähe des Rudolfsturms – aus der älteren Eisenzeit bis in die La-Tène-Zeit – wurden seitdem gefunden, gezählte 19.497 Objekte geborgen.

Und schon früher hatte sich die Tür in die Vorvergangenheit einen Spalt weit geöffnet, als im Jahr 1734 den entsetzten Knappen ein nachhaltig eingepökelter Bergmann vor die Füße gefallen war.

Käfer schlug das Buch erst einmal zu und schaute vor sich hin. Hier, hoch über dem See, vor dem Salzberg-Hochtal, war ein guter Platz, die Zeit der Uhren und Terminkalender zu vergessen. Sein Blick wandte sich den Bergen zu, die, dicht gestaffelt, das Salzkammergut davor bewahrten, sich aller Welt in leichtfertiger Unvernunft zu öffnen.

Dann seufzte Käfer unwillig, stand auf und machte sich auf den Weg. Er musste mit diesem Herrn Schiller Kontakt aufnehmen, obwohl er nicht die geringste Lust dazu verspürte.

Ob er in Hallstatt anzutreffen war? Käfer streunte durch den Ort, fragte bei Ruth Zimmermann nach.

Nein, dieser Herr sei zwar häufig hier in letzter Zeit, aber heute noch nicht gesehen worden.

Also zurück ins Ausseerland. Im Kurhauscafé fand Käfer zwar nicht den Gesuchten vor, aber Herbert Stadler winkte ihn zum Tisch, Chefredakteur, Chefreporter und Chefkorrektor der *Alpenpost*.

„Herr Käfer! Schön, dass Sie noch immer bei uns sind, im Ausseerland. Und jetzt werden Sie ja auch noch einige Zeit bleiben. Gute Sache, das mit dem Buch."

„Das wird sich erst weisen."

„Na, wenn Sie dahinterstehen, mach ich mir keine Sorgen."

„Sollten Sie aber, Herr Stadler. Denn hinter mir steht nämlich auch jemand: ein geldgieriger Medienkonzern. Und die werden mitreden wollen."

„Nicht nur die. Der Moser Marc kennt schon das fertige Buch, glaube ich."

„Ja, der ... Ist Ihnen der Herr Schiller heute schon über den Weg gelaufen, Herr Stadler?"

„Nein. Komisch eigentlich, sonst sieht man den doch dauernd irgendwo."

„War auch meine Hoffnung. Ich wollte mit ihm reden."

„So? Wirklich?"

„Was soll die Frage, Herr Stadler?"

„Na, die dicksten Freunde seid ihr zwei ja nicht gerade."

„Gut beobachtet, Herr Kollege. Aber diesmal bleibt mir nicht viel anderes übrig, als über den eigenen Schatten zu springen. Sagen Sie einmal, Herr Redakteur, Sie kennen den Schiller ja viel länger und besser als ich. Kann er den Mund halten, wenn es um etwas Vertrauliches geht?"

„Solang er einen Vorteil davon hat, schon."

„Und seine Geschäfte – ziemlich undurchsichtig, das ist mir schon klar –, aber bleibt er dabei so halbwegs anständig?“

„Genau das frag ich mich auch. Manchmal lässt er nur verbrannte Erde übrig, wenn er fertig ist, und dann benimmt er sich wieder so, dass man den Hut ziehen möcht’ vor ihm. Dieser Mensch kommt mir vor wie ein eiskalter Rechner, bei dem hin und wieder die Emotionen Oberhand haben, im Guten wie im Schlechten.“

„So kenne ich ihn auch. Ein jähzorniges, sentimentales Kind und ein gerissener Kaufmann.“

„Das trifft ganz gut. Darf ich Ihr Buch schon in der *Alpenpost* ankündigen, Herr Käfer?“

„Um Himmels willen, nein! Wenn nichts draus werden sollte, sind wir alle zwei die Blamierten.“

„Dann halt nicht. Um die Gamsjäger-Geschichte werd ich aber nicht herumkommen.“

„Klar, ist ja Ihr Beruf. Und Sie machen das schon ordentlich.“

„Kann’s ja versuchen – mit ein paar hübschen Hintergrund-Informationen von Ihnen, wenn’s leicht geht. Wir reden noch darüber. Jetzt muss ich wieder in die Redaktion. Bis bald einmal, Herr Kollege!“

„Wird mich freuen, wie immer.“ Käfer blieb sitzen und schlug wieder sein dickes Hallstatt-Buch auf.

Auf Seite 235 schaute ihm Bergmeister Johann Georg Ramsauer entgegen. Mit jeder Zeile, die Käfer las, stieg seine Bewunderung für diesen Mann. Er hatte nicht nur die Bedeutung der ersten Funde erkannt, sondern auch für einen klug durchdachten Fortgang der Arbeiten gesorgt. Persönlich überwachte er die Aufdeckung jedes einzelnen Grabes und gemeinsam mit dem Salinenbeamten und Zeichner Isidor Engl sorgte er für eine genaue Dokumentation. Mit jedem weiteren Fund ergab sich ein für das damalige Geschichtsverständnis geradezu unglaubliches Bild einer versunkenen Kultur. Langschwerter, kostbar mit Elfenbein und Gold verzierte Antennendolche, reich verzierte Schüsseln und Becken, kunstvoll gestaltete Fibeln in vielen Varianten, Ketten und Kolliers aus fein gearbeiteten Bronzespiralen, mit Horn oder Bernstein verziert, aber auch mit Perlen aus farbigem Glas. Auch Fundstücke, die Frau Gamsjägers Schatz ähnlich waren, entdeckte Käfer. Um ein Kultbeil ging es also ...

Käfer las weiter. Zwar hatte er über das Gräberfeld und die Hallstattzeit einiges gewusst, doch das war trockenes Bildungsgut gewesen. Jetzt tat er eine aufregende Zeitreise.

Vor Tausenden von Jahren hatte Hallstatt Handelsverbindungen mit der Nordseeküste, Italien, Afrika und anderen fernen Ländern. Georg Ramsauer hatte damals schlichtweg eine Weltsensation entdeckt. Er berichtete an das „Hochlöbliche kk. Salz. Oberamts Präsidio“ und eher zufällig erfuhr das Museum Francisco Carolinum in Linz davon, war alarmiert und in höchster Sorge. Eilends wurde ein Kustos losgeschickt, der dann aber Ramsauers Arbeit das allerbeste Zeugnis ausstellte. Beunruhigendes hatte er so nebenbei auch zu berichten. ... *Vorsicht ist aber auch nötig, denn erst neulich hatte ein fremder Reisender, der sich bei dem Herrn Bergmeister selbst nicht meldete, die Arbeiter durch Anbieten von Goldstücken zu verleiten versucht, ihm so alte Gegenstände zu verschaffen. Er soll wenig Deutsch gesprochen haben und dürfte etwa ein English man gewesen sein.*

Während im Hochtal die Schatzgräber immer aufs Neue fündig wurden und sich anlässlich der Graböffnungen ein nobler Archäologie-Tourismus des habsburgischen Hofes und anderer europäischer Fürstenhäuser etablierte, litten die Hallstätter bittere Not. Es gab Hungerzeiten und Arbeiterkrawalle, Jahr für Jahr entschlossen sich zahlreiche Menschen zur Auswanderung.

Und dann stieß Käfer zu seiner Überraschung auf eine frühe Spur Adalbert Stifters: Schon 1852 hatte er als k.k. Landesschulinspektor Hallstatt dienstlich besucht.

Und Ramsauer, der viel gelobte, hochdekorierte Mann? Er wurde später verdächtigt, sich ein Schwert mit Elfenbein und Bernsteineinlage angeeignet zu haben, rechtfertigte sich gekränkt und wies auch gleich darauf hin, dass seine *Gattin bei der Entbindung zum achtzehnten Kind gestorben sei und er sich nun mit zwölf unversorgten Kindern in einer sehr bedrängten Lage befinde ...*

Käfer klappte das Buch nachdenklich zu. Dann verließ er den Kastaniengarten, in dem es nach Sonnenuntergang sehr kühl geworden war. Er ging zum Gasthof Blaue Traube, in dem Schiller zu wohnen pflegte, und erfuhr, dass er noch nicht zurückgekommen war. Käfer ging auf und ab und wartete ungeduldig. Es dauerte fast eine Stunde, bis sich ein Taxi näherte. Schiller stieg aus und kam auf Käfer zu. „Mein Lieber! Sie harren meiner? Das macht mich stolz und glücklich."

„Ich ... es gibt Vertrauliches zu besprechen, Herr Schiller. Kann ich mit Ihrer Diskretion rechnen?"

„Diskretion erfordert einen hellwachen Geist und funktionierende Instinkte. Heute ist nur noch dumpfe Müdigkeit in mir. Macht es Ihnen etwas aus, mir morgen in Hallstatt die Ehre zu geben? Ich habe den ganzen Tag dort zu tun. Sagen wir gegen elf am Landungsplatz?"

12

„Früh auf den Beinen, mein Zimmergast." Maria Schlömmer betrachtete Käfer neugierig. „Kaum ist die Freundin weg, wird er unternehmungslustig."

„So ist das im Leben. Ich geh hinunter zum Bahnhof und will den Zug um neun noch erreichen. Dann brauche ich keinen Parkplatz zu suchen in Hallstatt."

„Wie ist sie denn so, die Frau Gamsjäger?"

„Herb."

„Und wie noch?"

„Interessant."

„Also schiach."

„Aber nein. Ich muss weg jetzt."

„Feigling."

Daniel Käfer war angespannt, aber er hatte auch Freude an der kleinen Wanderung. Anfangs führte der Weg über einen weiten Talboden. Wiesen und Obstbäume, kleine Bauernhäuser zwischendurch, sauber geschlichtete Holzstöße vor den Mauern. Käfer ging auf den dicht bewaldeten Zinken zu, der wie ein riesiger grüner Hut in den Himmel ragte, über den sich an diesem Tag ein zarter Schleier zog. Rechter Hand war der Sarstein zu sehen, helles, kahles Kalkgestein mit schroffen Konturen, und, weiter entfernt, gegen Obertraun zu, der Dachstein. Die Farben des Herbstes wurden schon intensiver, aus dem Dunkel des Waldes leuchtete es rot und gelb. Auch die Substanz dieser Landschaft schien sich verändert zu haben, wirkte spröder und leichter.

Dann tauchte Käfer in den kühlen Waldschatten ein und folgte dem Weg hinunter zur Traun und zum Bahnhof.

Hallstatt dann. Der Ort noch im Schatten, blasses Sonnenlicht über der Wasserfläche und am anderen

Ufer. Käfer hatte noch fast eine Stunde Zeit bis zum vereinbarten Termin.

Im Seegarten vor dem Bräuwirtshaus war schon reger Betrieb. Käfer bestellte Kaffee und legte sein Notizheft vor sich hin. Dann bemerkte er Arnold Lobisser vor einer Holzhütte am Ufer. Neben ihm stand ein Lieferwagen mit geöffneter Hecktüre. Käfer zahlte, stand auf und näherte sich interessiert. „Guten Morgen, Herr Lobisser! Störe ich bei der Arbeit?"

„Ach wo, bin schon fertig. Das Lager einer liquidierten Knopferzeugung war günstig zu erwerben, uralte Firma." Er zeigte auf Kisten und Säcke, die er in der Hütte verstaut hatte. „Hörner, Geweihe, Zähne, Knochen, Hufe ... seltenes Material darunter. Kommt gerade recht für den älteren Sohn. Er macht Repliken antiker Fundstücke – für wissenschaftliche Zwecke."

„Ist ja interessant." Käfer zögerte. Dann schlug er sein Notizbuch auf. „Auch so etwas?"

„Kultbeile? Na freilich. Interessieren Sie sich dafür?"

„Ja. Privat und neuerdings auch beruflich. Es gibt ein Buchprojekt. Ist aber noch nicht sehr weit gediehen."

„Wird schon werden, Herr Käfer. Wenn ich helfen kann ..."

„Das ist ein Wort! Ich werde darauf zurückkommen, und nicht nur einmal. Übrigens ... nur eine Frage, nebenbei: Wenn so ein Beil echt ist ... lässt sich da irgendetwas über den Wert sagen?"

„Über den ideellen Wert ja, der ist gewaltig. Es ist ja nicht mehr viel da, ich meine, öffentlich zugänglich. Der Herr Ramsauer war zwar ein seriöser und erstaunlich modern denkender Mensch, aber eben doch einer aus dem 19. Jahrhundert. Nur Edelmetall hat ihn wirklich beeindruckt, Scherben sind unbeachtet geblieben, weil man ohnedies auch ganze Gefäße gefunden hat, und angesichts vollständiger Skelette waren beschädigte Knochen uninteressant. Trotz aller Mahnungen der Hofkammer haben die noblen Kurgäste aus Bad Ischl ihre prähistorischen Andenken mitgenommen, und wenn gar wieder einmal hoher Besuch gekommen ist, hat man ihn natürlich auch nicht mit leeren Taschen abreisen lassen. Na ja, und dass die Bergleute in ihrem Elend der einen oder anderen Versuchung nachgegeben haben, darf man ruhig unterstellen. Tatsache ist, dass die Funde heute in alle Welt verstreut sind, und viele davon bleiben in Privatsammlungen wohlweislich verschwunden."

„Und wenn so ein Sammler heute auf ein derartiges Fundstück stieße?"

„Wär' der Blutdruck wahrscheinlich gefährlich weit oben. Wird aber wohl kaum je eintreffen, so ein Fall, nicht wahr?" Lobisser lächelte breit. „Ich muss jetzt in die Schule. Wär' ja noch schöner, wenn ein Lehrer den Unterricht schwänzt."

Noch immer ein wenig zu früh stand Käfer am Landeplatz und schaute sich um. Ein verwahrlostes Gebäude fiel ihm auf, fast schon eine Ruine. An der Fassade war *Haus Kainz* zu lesen.

„Eine Schande, nicht wahr?"

Eustach Schiller hatte sich lautlos genähert. „Dieses Gebäude ist der letzte Rest eines stolzen Hotelkomplexes mit Park und Terrasse: Hotel Seeauer, später Hotel Kainz. Die erste Adresse in Hallstatt."

„Und warum gibt es das Hotel nicht mehr?"

„Es wurde 1961 voreilig abgerissen, als der Bau einer neuen Uferstraße geplant war. Das Projekt ist dann zu Gunsten des Straßentunnels verworfen worden. Doch das schöne Hotel war unwiderruflich Vergangenheit. – Sie sagten, es gebe etwas zu besprechen, unter vier Augen? In Hallstatt wird uns ungestörte Ruhe wohl verwehrt bleiben. Aber wir können der christlichen Seefahrt frönen. Die Bootsvermietung da drüben gönnt sich und uns sogar den selten gewordenen Luxus eines sorgsam gezimmerten Ruderbootes."

„Was habe ich gesagt? Die gute alte Sommerfrische in ihrer edelsten Form!"

Daniel Käfer ruderte, Schiller saß am Heck und bewegte mit leichter Hand das Steuerblatt. „Kann es Schöneres geben? Hallstatt wird zur Bühne und wir teilen uns den Zuschauerraum mit einer elitären Schar von Segelbooten. Diese elektrisch betriebenen Plastik-Badewannen erlaube ich mir zu ignorieren." Er tauchte eine Hand ins Wasser. „Frisch, sehr frisch, gerade recht, um Reinanken bei Laune zu halten. Und sehen Sie da drüben, von der Sonne vergoldet? Schloss Grub. Doch wirklich und wahrhaftig ein hübsches Objekt der Begierde, nicht wahr?"

„Gerd Gamsjäger hat mir davon erzählt, Herr Schiller."

„So? Hoffentlich korrekt. Auch von diesem Christoph Eyssl von Eysselsberg?"

„Ein wenig."

„Wissen Sie, dass sein Gebein in einer hübschen Gruftkapelle in der katholischen Kirche von Hallstatt ruht?"

„Das ist mir neu. Und so gottesfürchtig scheint mir sein Leben ja nicht gewesen zu sein."

„Erst dem Tode zu. Da wird mancher Schurke fromm. Aber so ganz wollte er auf die weltlichen Freuden des Lebens auch posthum nicht verzichten. Es ließ sich in einem prächtigen braunen Samtgewand, verziert mit feiner, niederländischer Klöppelspitze, bestatten. Und in seinem Testament bestimmte er, dass sein Sarg alle fünfzig Jahre einmal an seinem Todestag hervorgeholt werden solle, damit man ihn um den Kirchgang trage und anschließend in einer Fuhre auf dem See spazieren fahre. Noch bis in die Mitte des 19. Jahrhunderts tat man ihm den Gefallen. Später waren die Zeiten in Hallstatt so schlecht, dass es wichtiger war, das Leben zu fristen, als den Verschrobenheiten Verstorbener zu dienen.

Mein Gott, was gäbe ich dafür, damals in Hallstatt gelebt zu haben! Alles wurde verkauft, was verkäuflich war, natürlich auch Altertümer aller Art. Wenn ich der Fama glauben schenken darf, hat sich sogar für Herrn Eyssls Gebein ein betuchter Interessent gefunden. Die Knochen lagen schon sauber verpackt auf dem Kirchenboden zur Abholung bereit, als ein peinlicher Zufall das Geschäft vereitelte."

„Das bringt mich aufs Thema, Herr Schiller."

„So? Wozu diese unziemliche Eile, wie Sie neuerdings so üblich ist in Geschäften? Habe ich Ihnen, mein Lieber, schon erzählt, dass mich eine weitere hochedle Immobilie an die Gestade dieses kühlen Sees lockt?"

„Haben Sie nicht, Herr Schiller, aber Sie werden es tun, nicht wahr?"

„Gnadenlos, jetzt, wo Sie mir doch nicht davonlaufen können. Es geht um das Gut Seeauer."

„Seeauer? Der mit dem Hotel?"

„War ein Nachfahre. Sie haben ein Schulheft bei sich, wie ich sehe. Sie sollten sich Notizen machen, auch im Hinblick auf Ihr Buch. Der Name Seeauer hat nämlich Salzkammergut-Geschichte geschrieben. Den Anfang, und zwar einen wahrhaft furiosen Anfang, macht Thomas Seeauer, um die Wende zum 16. Jahrhundert geboren. Mit seinem ererbten Bauernhof bei Steeg war er nicht arm, aber doch weit unten in der Hierarchie, als er in den Dienst der Saline trat. Zuständig für das Sudholz, hat er sich als einer erwiesen, der ideenreich seinem Auftrag gerecht wurde und mit rücksichtsloser Härte die Arbeitskraft seiner Holzarbeiter nutzte. Das Salzkammergut wurde damals als vorindustrielles Unternehmen sehr straff und gewinnorientiert geführt. Leute wie Seeauer waren also wertvoll und blieben nicht unbemerkt. Er wurde für anspruchsvollere Arbeiten eingesetzt, baute die Seeklause in Steeg, bändigte die Traun im Wilden Laufen, er machte die Überwindung des gefährlichen Traunfalls möglich und war auch außerhalb des Salzkammergutes an der Enns, der Mur und sogar an der Moldau tätig. Eine unglaubliche Karriere eines Bauern und Forstmannes im feudalen Österreich, nicht wahr? Folgerichtig wurde er endlich auch noch in den Adelsstand erhoben. Hundertzehn Jahre soll er alt geworden sein. Nun, die Nachkommen haben sich redlich oder auch weniger redlich bemüht, in seine Fußstapfen zu treten. Sie wurden Hofschreiber, Marktrichter, Hoteliers, Bürgermeister, und einer, Beda, brachte es sogar zum Abt von St. Peter in Salzburg. Das uralte Seeauer-Gut gibt es noch immer. Können Sie verstehen, mein lieber Herr Käfer, warum es mich gelüstet, an diese Familiengeschichte anzuknüpfen oder mich in sie einzukaufen? Na, wer weiß. Noch bin ich dabei, meinen liebwerten Mitspielern in die Karten zu schauen und mein Blatt bedeckt zu halten."

„Ich bemühe mich, von Ihnen zu lernen, Herr Schiller."

„Sie können nichts Besseres tun."

„Als ich Sie damals im verwunschenen Garten der Villa Muthspiel zum ersten Mal gesehen habe, hatte ich den Eindruck, dass Sie Ihr Leben in der Gegenwart eigentlich nur als notwendige Zwischenstation für Reisen in die Vergangenheit sehen. Und später sind die Farben dieses Bildes noch tiefer und dunkler geworden. Eustach Schiller ist ein sehnsuchtsvoller Mann. Ein Sammler und Bewahrer demnach, im Kleinen wie im Großen."

„Ich sehe mich verstanden."

„Und dieses rückwärtsgewandte Sein will auch finanziert werden, nicht wahr? Herr Schiller hat es faustdick hinter den Ohren."

„Natürlich. Da wird der Seeauer in mir wach. Gesunde Rücksichtslosigkeit, erfrischender Ehrgeiz, befreiende Geldgier und die skrupellose Lust an der Intrige."

„Und dann gibt es noch einen weiteren Eustach Schiller, wie ich denke. Sentimental, sensibel, unberechenbar. Sie sitzen mir sozusagen zu dritt gegenüber."

„Zu viert, möchte ich sagen. Aber Sie können nicht alles wissen."

„Nein. Ich zeige Ihnen jetzt was, Herr Schiller."

„Tun Sie das."

Käfer nahm sein Schulheft und schlug die Seite mit den Umrissen von Frau Gamsjägers Schatz auf. „Sagt Ihnen diese Zeichnung was?"

„Natürlich. Ein Kultbeil. Hallstattzeit, erstes Jahrtausend vor Christus vermutlich. Waren Sie im Museum?"

„Ja, aber nur um nachzuprüfen, welches Fundstück mir da im Original angeboten worden ist."

„Angeboten?" Schillers Gesicht war blass, er hielt sich mit beiden Händen an den Rändern des Bootes fest, der Kopf war nach vor gereckt. „Wer? Wann? Wo? Und lügen Sie gefälligst nicht!"

„Derlei kann ich mir ersparen, weil ich nichts sagen werde. Nur so viel: Mein Bruder ist Anwalt in Graz, wie Sie wissen. Ich betreibe die Angelegenheit mit ihm gemeinsam. Es hat keinen Sinn, ihn diesbezüglich zu bedrängen. Er wird schweigen."

„Graz also. Der Anbieter ist vertrauenswürdig?"

„Absolut."

„Hat er einen Preis genannt?"

„Nein. Er erwartet ein unwiderstehliches Angebot."

„Ist es möglich, das Stück zu sehen? Sie können sich auf meine Verschwiegenheit absolut verlassen."

„Keine Frage. Ich kann versuchen, es zu bekommen. Sie werden verstehen, dass so ein wertvolles Objekt nicht so ohne weiteres verfügbar ist."

„Ich nehme nicht an, dass es im Schlafzimmerkasten liegt."

„Um noch einmal auf den Preis zu kommen ... von welcher Größenordnung kann ich ausgehen?"

„Fünfstellig. Ich überbiete jeden Betrag, der Ihnen in Österreich genannt wird. Wann weiß ich mehr?"

„Schon bald, Herr Schiller, schon bald. Darf ich Sie zurückrudern?"

„Bitte. Nur eine Frage noch: Wie zum Teufel geraten Sie in die Rolle eines Vermittlers?"

„Das, Herr Schiller, frage ich mich auch."

13

„Kann ich Ihr Fundstück ungefähr einen Tag lang haben?"

Daniel Käfer saß in Frau Gamsjägers Küche und trank Tee. Er hatte einen Tag zugewartet, um Schiller gegenüber nicht eilfertig zu wirken.

„Klar können Sie." Sie ging ins Schlafzimmer und kam mit der Schachtel zurück. „Es hat sich jemand gefunden?"

„Ja. Ich will nichts versprechen, aber die Sache schaut gut aus."

„Haben Sie auch über Geld geredet?"

„Auch das."

„Viel Geld?"

„Sehr viel Geld."

Sie senkte den Kopf. „Ich bin nicht gierig. Aber ich brauch's."

„Weiß ich doch. Neues vom Gerd?"

„Kleine Fortschritte, Herr Käfer. Er lässt Sie übrigens grüßen."

„Ohne drohenden Unterton?"

„Fast."

„Ich habe inzwischen mit meinem Bruder telefoniert, Frau Gamsjäger. Er ist Anwalt. Erst einmal zu Ihrer Beruhigung: Dass Sie so ein Beil haben, ist rechtlich in Ordnung. Aber unser Interessent ist Deutscher, und in diesem Fall ist eine Ausfuhrgenehmigung vorgeschrieben. Einem Österreicher könnten Sie das Beil ganz offiziell verkaufen."

„Um weniger Geld?"

„Ja, leider."

„Dann der Deutsche, und unter der Hand. Oder haben Sie die Hose voll?"

„Auch schon egal. Bitte reden Sie mit niemandem darüber, auch nicht mit guten Freundinnen oder Freunden."

„Wird mir leichtfallen, weil ich so etwas nicht habe. Sie, Herr Käfer ..."

„Ja?"

„Wenn Sie wirklich was tun können für mich ... na ja, wär's verdammt anständig. Gehen Sie dann?"

„Warum auf einmal so eilig?“

„Ist besser so.“

Eustach Schiller hatte ihn darüber informiert, wo er sich in nächster Zeit aufhalten würde. Demnach war er an diesem Vormittag im Bezirksgericht Bad Ischl und sollte um die Mittagszeit in die „Blaue Traube“ zurückkehren. Käfer musste nicht lange warten. Kurz nach zwölf sah er Schiller vom Meranplatz her in die Kirchengasse einbiegen. Er beschleunigte den Schritt, als er Käfer sah. „Etwas Neues, mein Guter?“

„Könnte schon sein, mein Freund.“

„Werfen Sie nicht mit Vertraulichkeiten um sich. Haben Sie was für mich?“

„Gut möglich. Sie erinnern sich an unsere beschauliche Bootsfahrt?“

„Ja, ja ...“

„Unziemliche Eile in Geschäftsdingen, haben Sie damals gesagt, sei zwar zeitgemäß, aber schlechter Stil.“

„So, habe ich das?“

„Darf ich Sie zu einem kleinen Ausflug einladen? Wir könnten zum Beispiel in Altaussee zu Mittag essen, im Gasthof Loser, wenn’s beliebt, und dann einen bekömmlichen Spaziergang das Ufer entlang zur Seewiese unternehmen. Ist doch ein guter Platz für eine diskrete Unterredung.“

Schiller schwieg eine Weile, dann lächelte er. „Sie lernen!“

„Saibling, frisch aus dem Räucherofen, oder feines Rehragout? Wählen Sie nach Herzenslust, Herr Schiller, Sie sind mein Gast.“

„Diese Gelegenheit sollte man nicht ungenützt lassen. Also Wild und zuvor Hirsch-Carpaccio und klare Kraftsuppe. Das Dessert hat ja noch Zeit. Und nun möchte ich einmal wissen, welche Entdeckungen am teuren Ende der Weinkarte meiner harren."

Die beiden tafelten fast schweigend. Dann hob Schiller sein Glas. „Leo Hillinger, Jois, Hill Number one. Cuvée – nicht der teuerste, aber man ist ja Patriot und ich möchte Sie auch nicht wirklich berauben. Zum Wohle – und auf eine gelungene Überraschung!"

Auch Käfer hob sein Glas. „Mit euch, Herr Schiller, zu dinieren, ist ehrenvoll und ein Gewinn."

„Ich sehe, Sie haben Ihren Goethe gelesen. Und nun wollen wir darangehen, uns das Leben auf möglichst anspruchsvolle Weise zu versüßen."

Schiller, gemächlich mit seinem Begleiter den See entlangschlendernd, schien seine innere Ruhe wiedergefunden zu haben. „Ich liebe den Herbst hier. Der aufdringlich bunte Strom der Gäste ist verebbt, das Licht wird müde, aber es schläft nicht ein. Zwischen den satten Farben des Sommers und der klaren Kargheit des Winters leuchtet eine schwerelose Spanne Zeit."

„Sie sind ein poetischer Mensch, Herr Schiller."

„Wie jedes fühlende Wesen, mein Lieber. Nur genieren sich viele dafür. Und was mich betrifft, ist der Herbst meines Lebens die schönste Zeit. Die Pflicht zu wachsen und zu werden ist fortgenommen, das Urteil zu vergehen ist noch nicht gesprochen. Diese schöne Traurigkeit gibt dem Leichtsinn Tiefe und die Ahnung vom Sterben macht Lust aufs Leben. Hier, links von uns, der Altausseer Friedhof. Bleibt uns Zeit für einen kleinen Gräberbummel?"

„Aber ja doch."

„Da sehen Sie, Herr Käfer: Das Grab von Jakob Wassermann. Ein Bestsellerautor seiner Zeit. Er hat dereinst die Villa Andrian erworben, nicht weit von hier. Und sein berühmter Satz *Altaussee ist kein Dorf, sondern eine Krankheit, die man nicht loswird* gilt heute, wie er damals galt. Wenn schon der Name Andrian gefallen ist – folgen Sie mir zum letzten Logis dieses Poetengeschlechts. Ferdinand Andrian war einer der ersten dichtenden Schöngeister, die sich in Altaussee häuslich niederließen, und sein Sohn Leopold von Andrian-Werburg lockte unter anderen einen gewissen Hugo von Hofmannsthal ins Land. Dieser Friedhof hätte viele Geschichten zu erzählen, doch wir beide haben noch ein Stück Weges vor uns, in jeder Hinsicht übrigens. Also kehren wir zurück in die Welt der Lebenden."

„Wir nehmen die Abzweigung nach rechts, Herr Schiller. So bleiben wir direkt am Seeufer. Und bald sollten wir zu einer wirklich hübsch gelegenen Ruhebank kommen."

„Die ich natürlich kenne. Sehen Sie, da vorne ist sie schon."

Die beiden nahmen Platz, schauten sich um, schauten sich an und schwiegen. Dann seufzte Schiller. „Sie wollen mich hinhalten, wie?"

„Nein, will ich nicht." Käfer griff in seine rechte Rocktasche und holte ein flaches Paket aus braunem Packpapier hervor. „Bitte, hier ist etwas, das Sie sehen sollten."

Schiller griff rasch zu und entfernte nervös, doch mit großer Vorsicht das Papier. Er betrachtete das Beil lange und von allen Seiten. Dann wandte er sich Käfer zu. Seine Augen waren schmal geworden, das Gesicht wirkte spitz. „Sehr schön, in der Tat. Und Ihre Vorsicht ehrt Sie, Herr Käfer. Sobald ich das Original in Händen halte, gibt es Bares."

„Das ist das Original."

„Sie scherzen. Hübsche Nachahmung. Nicht einmal schlecht gemacht. Was sollten Sie für die Vermittlung bekommen?"

„Nichts."

„Ah ja ... angemessener Betrag. Trotzdem finde ich es nicht nett, dass man Sie so hinters Licht geführt hat. Vielleicht sollten wir beide betrogen werden? Dann empfehle ich ein gemeinsames Vorgehen."

Käfer spürte kalten Schweiß auf seiner Stirn. Mit einer ungewollt heftigen Handbewegung nahm er Schiller das Beil aus der Hand, hörte sich eine Entschuldigung murmeln und flüchtete.

Als er sein Auto erreicht hatte, war er ruhiger geworden, zu ruhig, gefangen in seiner Enttäuschung wie ein Insekt in langsam erstarrendem Harz. Er setzte sich hinter das Lenkrad, fuhr aber nicht los. Er versuchte die Traurigkeit, die ihn niederdrückte, zu ignorieren und nachzudenken. Dass Frau Gamsjäger ihn nicht betrogen hatte, stand fest. Doch auch für Eustach Schiller gab es keinen Anlass, ihn anzulügen. Blieb also nur die Möglichkeit, dass dieses Erbstück schon immer wertlos gewesen war. Und genau das musste er Frau Gamsjäger sagen.

In Hallstatt angekommen, dachte Käfer einen Augenblick daran, das Beil auch Arnold Lobisser vorzulegen, wagte es aber nicht. Wie ein alter Mann stieg er mit kraftlosen Schritten zum Oberen Weg und die Stufen zur Haustür hinauf.

Frau Gamsjäger war aufgestanden, als sie ihn kommen sah. Sie schaute ihm voll Erwartung entgegen, dann war plötzlich Angst in ihrem Gesicht. „Sagen Sie schon, was ist?"

„Es geht mir nicht gut, Frau Gamsjäger, und der Weg zu Ihnen ist mir schwergefallen."

„Reden Sie nicht herum."

„Ihr Kultbeil ist eine Replik."

„Was ist eine Replik?"

„Eine Nachbildung von äußerst geringem Wert."

Sie schwieg und stand da, die Hände zu Fäusten geballt. Käfer schaute ihr in die Augen und bekam es mit der Angst zu tun. Da waren keine Tränen, da war nur Wut, nackte Wut. Er trat einen Schritt auf sie zu, sie wich einen Schritt zurück. Dann streckte sie die Hand aus. „Geben Sie her!"

Käfer gab ihr das Beil, sie schmiss es gegen die Anrichte, Glas splitterte. „Wer sagt das?"

„Der Interessent. Und leider habe ich keinen Grund, ihm nicht zu glauben."

„Männer unter sich!" Zu seinem Erstaunen sah Käfer ein kleines, böses Lächeln. „In die Verlegenheit, dankbar sein zu müssen, bringen Sie mich jedenfalls nicht." Sie wandte ihm den Rücken zu. Käfer sah, dass sie eine Schnapsflasche hervorholte, sich ein großes Glas eingoss und trank. Sie drehte sich um, stellte Flasche und Glas auf den Tisch. „Sie auch?"

„Weiß nicht. Fast könnt' ich's brauchen."

„Dieser Interessent? Was ist das für einer?"

„Geschäftsmann, charmanter Gauner, Phantast. Und mit Altertümern kennt er sich aus. Garantiert."

„Ach so. Garantiert." Sie goss ihr Glas noch einmal voll und trank. „Sie sind ein Freund von ihm?"

„Davon kann keine Rede sein, aber ..."

„... eine Krähe hackt der anderen kein Auge aus."

„Kann man so sehen."

„Gemütlich haben wir es da, nicht wahr?" Sie stieß ihr Glas an das seine.

„Ich versteh schon, Frau Gamsjäger ..."

„Was verstehen Sie? Einen Dreck. Ein besoffener Mann muss sein, von Zeit zu Zeit. Eine besoffene Frau ist peinlich. Immer."

„Aber nein. Außerdem sind Sie nicht betrunken."

„Kommt schon noch. Hübsches Paar, wir zwei, jedenfalls. Arbeitslos, hoffnungslos, sinnlos."

„Der Gerd braucht Sie."

„Fast mehr ich ihn. Und wer braucht Sie?"

„Meine Freundin. Manchmal. Und vielleicht mein Auftraggeber. Ich habe nämlich derzeit so etwas Ähnliches wie einen Beruf."

„Und zwar?"

„Ich soll ein Buch über das Salzkammergut machen."

„Schon wieder eins."

„Aber ein besonders schönes."

„Dann schauen Sie ja darauf, dass kein Foto von mir drin ist. Prost."

Käfer spürte den Schnaps. „Ich lasse Sie ungern allein, Frau Gamsjäger, in dieser Situation."

„Dann bleiben S' halt da. Direkt schade, dass der Sepp nicht mehr lebt."

„Sepp?"

„Mein Mann."

„Vermissen Sie ihn?"

„Gehn S', den? Aber für Ihr Buch hätt' er allerhand Geschichten gehabt. Die eine Hälfte gelogen, die andere Hälfte fast wahr. Er war ja Bergmann. Und die wissen mehr über Hallstatt als alle anderen."

„Der Herr Lobisser vom Bräugasthof weiß aber auch recht gut Bescheid, nicht wahr?"

„Recht gut, aber nicht ganz gut. Er ist ja keiner von hier. Der Sepp hätte Ihnen übrigens auch sagen können, warum das verdammte Beil da so echt ist wie nur was."

„Soll ich es noch einem offiziellen Fachmann zeigen? Wird halt Gerede geben und so."

„Sie rühren mir das nicht mehr an, verstanden?" Frau Gamsjäger stand auf, bückte sich nach dem Beil und trug es ins Schlafzimmer. Als sie zurückkam, trug sie eine staubige Mappe in Händen. „Da, schauen Sie, hat alles der Sepp gesammelt: alte Schwarzweißfotos, Inflationsgeld, eine Nackerte aus den sechziger Jahren – Bikini bis zum Hals." Sie hörte auf zu blättern und schaute Käfer an. Ihre dunklen Vogelaugen glänzten. „Die Geschichte vom Mann im Salz kennen Sie?"

„Natürlich."

„Und wenn ich wüsste, wo es noch etwas zu finden gibt?"

„Wär's eine Sensation."

„Die Ihnen was wert wäre?"

„Nicht nur mir. Und dann ... wenn ich an das Buch denke ... Unsinn. Wunder passieren verteufelt selten."

„Schon eher wird man belogen und betrogen. Aber ich hab da was, schwarz auf weiß." Sie faltete ein vergilbtes Blatt Papier auseinander und legte es vor Käfer hin.

„Wissen Sie, was das ist?"

„Irgendein Plan. Ein Grubenplan vielleicht, von einem Salzbergwerk?"

„Mein Gott, wie gescheit." Sie stand hinter ihm und schaute über seine Schulter. Dann nahm sie Käfers Hand und führte sie zu einer Stelle des Planes, wo ein Kreuz mit angedeutetem Strahlenkranz zu sehen war. „Und was haben wir da?"

„Einen Hinweis. Worauf?"

„Auf was Totes."

„Woher wissen Sie?"

„Vom Sepp."

„Und wer weiß noch davon, Frau Gamsjäger?“

„Niemand. Nicht einmal dem Gerd habe ich etwas erzählt.“

„Und warum jetzt mir?“

Sie schaute ihn lange schweigend an. „Jetzt hab ich genug von Ihnen. Und den Fetzen Papier nehmen Sie mit.“

14

Die kühle Abendluft roch nach Rauch. Schon leuchteten die Fenster gelb und unten, an der Uferstraße, spiegelten sich die Laternen im schwarzen Wasser. Käfer hatte den Geschmack von Frau Gamsjägers Schnaps im Mund. Irgendein künstlich aromatisiertes Zeug, Hauptsache billig und wirksam in einem Notfall wie diesem. Er blieb eine Weile stehen und versuchte zu überlegen. Aber seine Gedanken wucherten wirr ineinander und fanden kein Ziel. Nur mittendrin glänzten ruhig und bezwingend Frau Gamsjägers Vogelaugen.

Am Seeufer angelangt, kam Käfer mit einiger Mühe zur Überzeugung, dass es eine Dummheit wäre, in seinem Zustand mit dem Auto zu fahren. Er wollte aber auch nicht stundenlang auf die Überfuhr und den Zug warten, also drückte er den Klingelknopf an der Tür des Bräugasthofes.

Er glaubte schon, dass niemand zu Hause sei, als er von oben Arnold Lobissers Stimme hörte. „Herr Käfer? Was führt Sie zu mir? Was auch immer! Ich komme hinunter und sperre die Tür auf.“

Schritte waren zu hören, ein Schlüssel wurde im Schloss gedreht. „Nun? Womit kann ich dienen?“

Käfer grinste verlegen. „Es ist so … ich habe einiges getrunken, trinken müssen, und möchte nicht mehr Auto fahren. Haben Sie vielleicht ein Zimmer für mich frei?“

„Zufällig ja. Kommen Sie mit und Vorsicht: Die Treppe ist steil und uneben. Kaffee?“

„Ja bitte.“

„Dann gehen wir erst einmal unter das Dach.“

„Sie waren bei der Frau Gamsjäger, nicht wahr?“

„Gut beobachtet.“

„War nicht schwierig. Und die hat Sie unter Alkohol gesetzt? Ist gar nicht so ihre Art. Gibt es jetzt doch wieder Probleme mit dem Gerd?“

„Nein, Gott sei Dank nicht. Also ehrlich, Herr Lobisser, ich würde Ihnen gerne erzählen, was los ist oder los war. Aber ich weiß nicht, ob das klug ist.“

„Dann sagen Sie wohl besser nichts. Oder denken nüchtern noch einmal darüber nach.“

„Ja, tu ich.“ Käfer schaute schüchtern zu seinem Gastgeber hinüber. „Ein elender Fusel, sag ich Ihnen. Eine Frage … sollte ich morgen früh noch am Leben und wieder bei Verstand sein … na ja, ich hätte mich gerne im Salzberg umgeschaut, interessehalber. Gibt es da Führungen, ich meine, eher individuell, nicht in der Gruppe?“

„Gibt es. Sogar auf den Spuren des prähistorischen Bergbaus. Ich versuche das morgen früh für Sie zu organisieren. Einen dicken Pullover können Sie von mir haben. Schuhgröße?“

„Zweiundvierzig.“

„Sehr gut, dann passen meine Wanderschuhe. An die vier Stunden werden Sie unterwegs sein, mit ziemlichen Höhenunterschieden. Schaffen Sie das?“

„Aber ja.“

„Angst vor engen Räumen?"

„Nach diesem Schnaps hab ich vor nichts mehr Angst."

„Ist gut, dann gehen Sie jetzt besser schlafen. Kommen Sie mit." Lobisser griff nach einem Schlüssel. Zimmer acht. Und freuen Sie sich aufs Aufwachen."

Obgleich verwirrt und düsterer Laune, fühlte sich Käfer in dem kleinen gemütlichen Raum sofort wohl. Er rief Maria Schlömmer an, um ihr Bescheid zu sagen, ließ sich in einen altmodischen Polstersessel fallen und schloss die Augen. Dann öffnete er sie ja doch wieder, starrte vor sich hin und griff endlich in die Tasche, um den Plan hervorzuholen. Er breitete ihn aus und suchte lange das eingezeichnete Kreuz. „Christina Horizont" konnte er entziffern, und „Alter Grubenoffen".

Als Käfer erwachte, spielte helles Licht auf seiner Bettdecke und dem blanken Bretterboden. Er stand auf, ging zum Fenster und schob den Vorhang zur Seite. Dicht über seinem Kopf sah er den Dachfirst, tief unten den See. Frisch, wie neu geschaffen lag er da, mit zartem Dunst über dem Wasser.

Käfer öffnete die Balkontür und trat ins Freie. In der fast schon winterlich kalten Luft war eine Ahnung von feuchtem Holz und Wasser. Er ging ins Badezimmer, betrachtete sein Spiegelbild und spürte erst jetzt seine Kopfschmerzen.

„Guten Morgen, Herr Käfer, Frühstück!" Frau Lobisser schob ihm die Kaffeekanne hin. „Aspirin?"

„Ja bitte."

Ihr Mann schaute auf die Uhr. „Sie haben Zeit. Gegen elf werden Sie bei der Bergstation vom Zauner Walter erwartet. Der ist genau richtig für Sie. War Jahrzehnte im Berg und ist ein gebildeter Mann. Kein Einzelfall übrigens. Das Berufsverständnis unserer Bergleute geht weit über ihre eigentliche Tätigkeit hinaus und hat immer auch eine kulturelle Dimension. Ein paar tausend Jahre ungebrochene Tradition ... da bleibt schon was hängen. Glückauf, Herr Käfer, und einen schönen Tag unter Tag!" Unterwegs in der Standseilbahn hatte Käfer dann doch Bedenken, ob er sich vier Stunden in den Tiefen des Berges zutrauen durfte. Aber jetzt gab es wohl keinen Weg mehr zurück.

Er verließ die Gondel und da stand auch schon Walter Zauner vor ihm, recht rundlich, mit bedächtigen Bewegungen. Käfer war beruhigt. „Herr Zauner! Wie schön, dass Sie Zeit für mich haben."

„Zeit haben wir jede Menge in Hallstatt, mehr als Geld jedenfalls. Interessiert Sie irgendetwas Besonderes?"

„Eigentlich nicht. Aber Sie kennen ja die journalistische Sensationsgier. Der Mann im Salz und so ..."

„Ja, der! Wir kommen an der Stelle vorbei, wo er vom Himmel, also von der Decke eines Laugwerkes gefallen ist. Recht hübsch erhalten, mit Schuhen und Gewandfetzen, aber sehr übel riechend. So stinken könnt' der gar nicht, dass er uns heute nicht höchst willkommen wäre. Aber alles der Reihe nach. Vorweg einmal: Menschen leben seit ungefähr 80.000 Jahren in Österreich. In Hallstatt gibt es sie seit der ausgehenden Jungsteinzeit, also Mitte des dritten Jahrtausends vor Christus. Das belegen viele geschliffene Steinbeile, die hier im Hochtal gefunden worden sind. Die Jagd wird Menschen in diese Wildnis gelockt haben, vielleicht aber auch schon salziges Wasser."

„Aber keine Rede von bergmännischem Abbau?"

„Natürlich nicht. Nach den aktuellsten Erkenntnissen ist die Nordgruppe, also der älteste prähistorische

Bergbau, im 14. Jahrhundert vor Christus entstanden. Diesen stillgelegten Betrieb hat später die Ostgruppe ersetzt. Mit ihr verbindet sich für Hallstatt eine Zeit wirtschaftlicher und kultureller Hochblüte. Damals, in der älteren Eisenzeit, ist auch das berühmte Gräberfeld angelegt worden. Und eines Tages war dann das ganze Bergwerk ein einziges Grab."

„Grubenunglück?"

„Ein massiver Tagwassereinbruch. Reißende Fluten sind in die Stollen eingedrungen und haben Teile der Oberfläche mitgeschwemmt. Muren haben die Hohlräume ausgefüllt. Ein grausiges Gemenge aus Materialien, Werkzeugen und Menschen – erstarrte Zeit, Herr Käfer. Darin stecken schreckliche Minuten und Stunden. Ja, und bei dieser Katastrophe hat vermutlich auch jener Knappe sein Ende gefunden, von dem wir vorhin geredet haben. Ende März oder Anfang April 1734 ist er entdeckt worden: halb freigewässert, der Oberkörper noch im Gebirge."

„Aber im Gegensatz zum Ötzi gibt's diesen armen Burschen nicht mehr."

„Ja, leider. Man hat ihn damals in aller Eile begraben, sogar am Friedhof, obwohl er ein Heide war.

Mit dem Abbau in der Ostgruppe war's jedenfalls nach der Katastrophe aus, obwohl versucht worden ist, wieder an das Salz heranzukommen. Am Südfuß vom Plassen ist also das dritte prähistorische Bergwerk entstanden, die Westgruppe.

So, und jetzt gehen wir zum Ramsauer-Denkmal hinüber und zum Gräberfeld."

Der Bergmann hatte viel Wissenswertes zu erzählen und Käfer hörte aufmerksam zu. Aber nach und nach wurde er ungeduldig, konnte es kaum noch erwarten, dass der Weg endlich in den Berg führte.

„Da, sehen Sie!“ Zauner zog unwillkürlich den Kopf ein. „Tausende Spinnen am Stolleneingang. Ungefähr zwanzig Meter weit besiedeln sie hier den Berg. Die Mäuse wagen sich noch tiefer hinein. Neulich haben sie sich über den Speckvorrat unserer Archäologen hergemacht. Kluge Tiere!“

Fast übergangslos wurde der Tag zur Nacht. Käfer spürte eisig kalte Luft. Hier, im Berg, fühlte er sich als Eindringling, sehr klein.

Zauner blieb kurz stehen. „Der Christina-Stollen.“

Christina? Plötzlich sah Käfer den Plan Gamsjägers vor sich und das Kreuz. Er wurde abgelenkt, weil sich ein gewaltiger Hohlraum im Berg auftat.

„Das Edlersberg-Werk, Herr Käfer. 1724 ist dieses Laugwerk eröffnet worden. Nur die Kraft des Wassers hat diesen Raum geschaffen. Der Himmel, also die Decke des Laugwerkes, misst zweitausend Quadratmeter. Wasser hier unten ist seit jeher ein mächtiger Verbündeter – und gleichzeitig ein gefährlicher Feind.“

Tiefer führte der Weg in den Berg. Zauner blieb stehen. „Christian Tusch – Alter Grubenoffen.“

„Moment, das will ich jetzt genau wissen.“

„Ach so, das Wort. Ein Grubenoffen ist ein Stollen, eine Strecke, die man zur Herstellung eines Laugwerkes vortreibt.“

„Verstehe. Und ist etwas Besonderes an diesem ... Grubenoffen da?“

„Allerdings. Um 1723 wurde er vorgetrieben. Doch schon nach dreißig Metern sind die Knappen auf einen prähistorischen Abbau gestoßen. Die ehemaligen Hohlräume waren mit Gesteinsmassen und Schlamm ausgefüllt. Die nächsten fünfzehn Meter haben viele Kienspäne und andere Funde ans Licht gebracht. Aber für ein Laugwerk war dieser Bereich völlig ungeeignet und die Arbeit ist eingestellt worden. Der Alte Grubenoffen ist bald in Vergessenheit geraten und wurde auch nicht mehr in die Pläne eingezeichnet. Erst in jüngster Zeit ist die Strecke wieder zugänglich und es wurden auch wieder Funde gemacht."

„Ist ja interessant. Was denn?"

„Rundhölzer, ein Seil aus Lindenbast. Also für mich persönlich tun sich da noch einige Rätsel auf. Wir sind zwar im Bereich der Ostgruppe, aber man hat festgestellt, dass der Bergbau hier um einige Jahrhunderte älter ist."

„Und wie weit sind wir eigentlich von der Stelle entfernt, wo der Mann im Salz gefunden wurde?"

„Ein wenig tiefer in den Berg und ein paar Leitern hinauf und schon sind wir im Kilb-Werk."

Spätestens jetzt musste Käfer erkennen, dass er sich in Walter Zauner getäuscht hatte. Der rundliche Körper verformte sich gleichsam stollenförmig. In seiner vertrauten Welt war der Bergmann erstaunlich behänd unterwegs, auch auf den Leitern. Käfer kletterte hastig hinterher und war ganz froh darüber, dass ihm die Dunkelheit den Blick nach unten verwehrte.

Im Kilb-Werk angekommen lächelte ihn Zauner an. „Ein stillgelegtes Laugwerk wie viele andere. Nur eben auch Bühne eines historischen Ereignisses. Es hat damals einen Himmelverbruch gegeben und eine Menge tauben Gesteins ist heruntergekommen und mit ihm der Knappe aus der Urzeit. Natürlich ist dieser Bereich hier für die Archäologen besonders spannend und es ist auch viel gefunden worden. Es wurden Stollen angelegt und Schächte hochgetrieben, bis es zu gefährlich war, weiterzumachen – das lockere Gestein, wissen Sie? Seit ein paar Jahren ist das Kilb-Werk auch wieder von oben zugänglich, und die Tagmure kann abgetragen werden.

Aber es geht um gewaltige Dimensionen und das kostet gewaltig viel Geld. Na ja, wir zwei setzen unsere Zeitreise jedenfalls fort, hinauf zum Josefstollen und in das Grüner-Werk. Erst in den letzten Jahren ist es für die archäologische Forschung zugänglich gemacht worden. Thema: der älteste prähistorische Bergbau."

„Nordgruppe."

„Exakt."

Weiter versuchte Käfer Schritt zu halten, war fasziniert von den Bildern und Informationen, die sich in seinem Kopf stauten und stapelten, aber dann doch wieder nicht ganz bei der Sache, weil er an den Plan und das Kreuz dachte.

„Herr Zauner, eine Frage, so zwischendurch: Ist Ihnen ein Bergmann namens Gamsjäger ein Begriff?"

„Welcher Gamsjäger? Die sind häufig bei uns."

„Der Sepp."

„Also der. Hätte ich mir denken können. Wird Ihnen der Gerd was erzählt haben, oder seine Mutter. Ein Glück, dass nicht mehr passiert ist, übrigens. Also der Sepp ... beruflich schwer in Ordnung, auch wenn er dauernd mit seinen Vorgesetzten über Kreuz war, ein Besserwisser und Geheimniskrämer halt. Außerhalb vom Berg ein wilder Hund in jeder Hinsicht. Na ja, von irgendwem muss es der Bub ja haben."

Stunden später und viele Schauplätze und Erklärungen später gestand sich Käfer ein, dass er ziemlich am Ende seiner geistigen und körperlichen Kräfte angelangt war. Dann aber tat sich ein neuer Anblick auf, so faszinierend, dass er keine Müdigkeit mehr spürte.

„Wo sind wir denn hier?"

„Im Stüger-Werk, und wir stehen vor dem einzigen als Hohlraum erhaltenen Abbau aus der Urzeit. Das grobe Tagmaterial dürfte sich hier unten so verkeilt haben, dass es nicht weiter vorgedrungen ist. Eine Luftblase, nach unten von Wasser abgedichtet, hat dem Bergdruck entgegengewirkt. Wir haben es also mit einem weit über zweitausend Jahre alten Arbeitsplatz zu tun. Sehen Sie diese herzförmigen Einkerbungen? Das sind Spuren des Abbaues mit dem Lappenpickel aus Bronze. Glauben Sie mir, Herr Käfer, würde jetzt ein Knappe aus grauer Urzeit um die Ecke biegen und könnte ich seine Sprache verstehen, wir hätten viele gemeinsame Themen und kämen wohl beide irgendwann zum Schluss, dass nur die Welt da draußen verrücktspielt. Im Berg gilt eine andere Zeit – mit anderen Gesetzen."

15

„Aber Hunger gibt's da wie dort und zu jeder Zeit. Haben Sie keinen, Herr Käfer?"

„Weiß nicht. Zu aufgeregt und zu müde. Was haben Sie vor?"

Zauner griff in eine Nische und holte einen großen, schwarz gebrannten Tontopf hervor. „Machen wir bei normalen Führungen nicht, aber wir denken darüber nach, ob sich das einbauen ließe." Dann häufte er Brennholz auf und begann Feuer zu machen. „Schwer zu sagen, welche Technik damals verwendet worden ist. Ich habe hier Feuerstein und Zunder, also Feuerschwamm." Bald stieg Rauch auf, eine kleine Flamme züngelte hoch und setzte dickere Hölzer in Brand.

„Und der Rauch, Herr Zauner?"

„Halb so schlimm. Wenn es einmal so richtig brennt, entsteht eine thermische Bewetterung. Und die war für meine prähistorischen Kollegen in mehrfacher Hinsicht wichtig. Die aufsteigende Hitze hat verbrauchte Luft aus dem Bergwerk geschafft und entlang der Sohle ist Frischluft eingedrungen.“ Er griff zu einer Art Fächer und ließ damit die Flammen heller lodern. „So etwas Ähnliches ist hier unten gefunden worden. Und nicht nur das. Auch ein dick verkrusteter Kochlöffel, an dem noch Reste von Hirsekörnern zu erkennen sind. Das hier ist allerdings nicht wirklich prähistorisch.“ Zauner öffnete ein Plastikgeschirr und schnupperte prüfend. „Passt schon!“ Er schüttete den Inhalt in den Tontopf und stellte diesen dicht ans Feuer. „Ich muss ein wenig ausholen. Im prähistorischen Bergbau hat es viel Abfall gegeben: taubes Abbaumaterial – Hauklein sagen wir dazu –, zerbrochenes Werkzeug, abgebrannte Kienspäne und anderes. In diesem Füllmaterial, auch Heidengebirge genannt, hat man auch seltsame fladenartige Gebilde gefunden, in denen mit bloßem Auge Getreidespelzen zu erkennen sind. Früher wurden sie für Rossknödel gehalten. Aber was soll ein Pferd in einem Stollen, der schon für Menschen mehr als eng ist? Die Produzenten dieser Fladen waren demnach Bergleute. Und den Wissenschaftern ist es doch wirklich gelungen, diesen prähistorischen Stoffwechsel-Vorgang bis zu seinen kulinarischen Anfängen zu rekonstruieren.“ Zauner rührte bedächtig um. In der Luft lag der Geruch von Holzfeuer, aber auch schon der einer urtümlichen Mahlzeit. Das rote, flackernde Licht löste die Welt im Berg aus ihrer dunklen Starre.

„Heute kennen wir die Essgewohnheiten der ersten Knappen recht genau. Gerste, Weizen, Hirse und Bohnen haben eine wichtige Rolle gespielt. Funde von Tierknochen sind offenbar weitere Ernährungsreste. Und da geht es ziemlich deftig zu: Lammhaxen, Sauhaxen, Gämsenhaxen, Lammschwafferl, Sauschwafferl,

Ochsenschlepp, Rindskopf, Schweinsrippen und auch noch zwei bessere Fleischstücke, nämlich Hirschschlögel und Schweinsschlögel. Durch Braten, Kochen oder Dünsten waren jedenfalls die meisten dieser Zutaten weichzukriegen."

Käfer schaute neugierig in den Topf. „Und das da drin?"

„Prähistorischer Eintopf. So etwas wie Ritschert. Natürlich vorgekocht. Wir haben nicht ewig Zeit. Lassen Sie mich nachdenken ... Saubohnen, Rollgerste, Hirse, Kachelfleisch – also Schweinsfüße, Ohren, Schädel und Stelzen –, dann noch Bohnenkraut, Thymian und Essig und Salz. Salz, mein Lieber! Der pure Luxus damals, das weiße Gold der Hallstattzeit!" Zauner füllte zwei Tonschalen und reichte Käfer einen Löffel. „Über Tischsitten wissen wir natürlich nicht Bescheid oder kaum. Immerhin sind in zwei Bestattungsstellen des Gräberfeldes so genannte Siedefleischhaken gefunden worden, Gabeln aus Bronze, mit denen nahrhafte Stücke herausgefischt werden konnten. Wie auch immer: Mahlzeit!"

Käfer kostete, aß, und mit dem Essen kam der Hunger. „Danke, Herr Zauner, eine faszinierende Erfahrung." Nachdenklich lehnte er sich zurück. Dann holte er seinen Plan hervor. „Ich möchte Ihnen etwas zeigen. Sagen Sie mir einfach, was Sie davon halten."

Zauner faltete das Papier auseinander und studierte es gründlich. „Der Alte Grubenoffen also. Hm."

„Was noch?"

„Schaut möglicherweise dem Sepp Gamsjäger ähnlich, die Skizze."

„Und wenn?"

„Kann es irgendein Hinweis sein, mit oder ohne Bedeutung. Sie haben das Papier von der Gerhild? Wie stehen Sie denn mit ihr?"

„Wenn ich das nur wüsste."

„Wer schon. Und jetzt sind Sie neugierig geworden?"

„Natürlich. Glauben Sie, dass ich mit Archäologen darüber reden sollte?"

„Ich glaube an den Herrgott, manchmal. Aber ich kann Sie mit einem von denen zusammenbringen, wenn wir erst wieder einmal draußen sind, und in der Gegenwart."

„Daniel Käfer! Welch Glanz in dieser Hütte. Ich bin übrigens Werner Klampfl. Hat was Beharrliches, der Name, wie? Jedenfalls trage ich als Archäologe beharrlich und Schicht für Schicht Zeitmüll ab, auf der Suche nach dem Wesentlichen."

„Kann ich gut nachvollziehen als Journalist. Auch wenn der Vergleich ziemlich unverschämt ist."

„Ach wo. Wie war's im Berg?"

„Unbeschreiblich."

„Nicht wahr? Das packt jeden. Und der Herr Zauner hat mir gesagt, Sie hätten ein Schriftstück, das vielleicht für mich interessant sein könnte."

„Genau das. Ich weiß nicht recht, was ich davon halten soll. Hier, sehen Sie selbst."

Der Forscher nahm sich viel Zeit. Dann faltete er das Blatt zusammen und gab es Käfer zurück. „Nicht uninteressant, in der Tat. Es gibt Argumente dafür, dass wir an der eingezeichneten Stelle etwas finden könnten, doch leider spricht mehr dafür, dass wir wohl nicht erfolgreich sein würden. Wir können uns gerne bei Gelegenheit im Detail darüber unterhalten. Kurz gefasst stellt sich unsere Situation so dar: Wir kennen eher zu viele Orte, an denen wir suchen sollten. Geldmangel und technische Probleme hindern uns daran, all das zu tun, was wir gerne täten. So gilt es eben Prioritäten zu setzen und systematisch vorzugehen. Wir sind nun einmal keine Schatzgräber, Herr Käfer, sondern penible Erfüllungsgehilfen der Altertumskunde – auch wenn die Ergebnisse manchmal dieselben sind."

„Einleuchtend. Aber Sie verstehen schon, dass ich wissen möchte, was es mit diesem Plan auf sich hat?"

„Und ob ich das verstehe, Herr Käfer! Und sollten wir uns je der bewussten Stelle nähern, werden Sie der Erste sein, der es erfährt. Für die nächsten Jahre kann ich Ihnen allerdings nur wenig Hoffnung machen. Wir sehen einander doch bald wieder? Heute drängt die Zeit."

Der Archäologe gab Käfer die Hand und schob ihn mit der gleichen Bewegung aus der Tür.

„Du hier? Trifft sich gut. Warte kurz auf mich, zehn Minuten oder so. Dann habe ich dem Herrn Altertumskundler die Gegenwart erklärt und fahre mit dir zurück nach Aussee."

Marc Moser verschwand energischen Schrittes in Werner Klampfls Büro.

Er brauchte kaum fünf Minuten.

„Ein Nischenprodukt, diese Archäologie hier im Berg, wenn du mich fragst, Daniel. Ein Stück vergammelten Seils bringt uns kaum zusätzliche Besucher. Gehört aufgepeppt, die Sache. Urgeschichts-Marketing, mein Lieber! Schaugraben! Sensationsfunde! Ein Mann im Salz muss her! Wo steht dein Auto, dein so genanntes?"

„Am großen Parkplatz bei der Holzfachschule."

„Und? Wann erscheint das Buch?"

Käfer beschleunigte die Fahrt, so gut es die sechzehn Pferdestärken seiner Ente zuließen. „Es steht noch nicht einmal fest, ob es überhaupt erscheint."

„Also ich an deiner Stelle würde meinem Verleger schon beibringen, was Tempo ist."

„Ja, du."

„Und was ist in Hallstatt herausgekommen? Du bist ja über Nacht geblieben. Weiß ich von der Schlömmer Mirz. Und dann warst im Berg. Weiß ich vom Klampfl."

„Was fragst du dann noch?"

„Ein Mensch wie du macht nichts ohne Grund. Was ist mit dem Plan? Zeig einmal her!"

„Ich weiß nicht."

„Ich schon."

Zögernd nahm Käfer das Papier aus der Tasche. Marc Moser griff danach, warf einen kurzen Blick darauf, stieß einen leisen Pfiff aus und wollte das Dokument einstecken.

„Nichts da, mein lieber Marc Moser. Der Plan bleibt bei mir."

„Du kriegst ihn ja wieder, nach dem Kopieren."

„Nein. Gleich."

„Also bitte. Warum einfach, wenn's umständlich auch geht. Interessante Sache mit dem Kreuz, nicht wahr? Was meint die Frau Gamsjäger dazu?"

„Was weißt du eigentlich nicht? Na ja, sie meint, dass dort ein toter Körper wäre. Der Herr Zauner meint, alles sei möglich. Und der Herr Klampfl ist eher skeptisch."

„Vernachlässigbar. Wer hört schon auf Experten. So etwas ist Chefsache. Ich erledige das."

„Du meinst in dem Sinn, dass die Forschungstätigkeit im Alten Grubenoffen verstärkt wird?"

„Verstärkt? Ich werd einen Turbolader montieren."

„Und wenn's ein Flop wird?"

„Herr Käfer, mein lieber Daniel, du strapazierst meine Geduld. Bis sich etwas findet oder auch nicht findet, sind wir wochenlang, was sag ich, monatelang in den Medien. Liegt er dann vor uns, der Mann im Salz, ist der Daniel Käfer ein Mann im Schmalz, dein Buch wird ein Bestseller und Hallstatt überholt Sölden."

„Und wenn nicht?"

„Sind die Schlagzeilen auch nicht kleiner. Und du, der bekannte Publizist, bist noch bekannter. Triumph oder Blamage, ist doch egal. Medienpräsenz ist alles."

„Das seh ich aber anders."

„Daniel Käfer! Du willst doch wissen, was mit dem Plan los ist. Stimmt's oder habe ich Recht? Durch mich wirst du es erfahren. So einfach ist das."

„Ich werd drüber nachdenken."

„Kontraproduktiv."

„Trotzdem."

„Und dein Auto geht nicht schneller?"

„Nein."

„Nischenprodukt!"

„Ich weiß, lieber Marc. Sollte man aufpeppen."

„Daniel!"

„Was ist?"

„Du nimmst ja fast schon Vernunft an."

Am späten Abend kam Käfer bei seinem Quartier in Sarstein an. Er blieb erstaunt in der Haustür stehen, schnupperte und folgte dem anregenden Geruch in die Küche. Auf dem Herd stand ein riesiger Kochtopf, der eher in eine Gasthausküche gepasst hätte. Maria Schlömmer stand davor und hantierte mit einem nicht minder eindrucksvollen Kochlöffel.

„Was wird denn das, Maria?"

„Rehragout."

„Veranstaltest du ein Volksfest für Aussee und Umgebung?"

„Kindskopf. Das Viech muss weg."

„Ich versteh nicht."
„Der Hubert hat's geschossen."
„Ich hab gar nicht gewusst, dass er Jäger ist."
„Er ist auch keiner."
„Oh. Ja, dann ..." Käfer setzte sich, die Bäuerin kam zu ihm. „Mit der Frau Gamsjäger g'schnapselt, gestern?"
„Ja, schrecklich. Sie hat einen Zorn gehabt auf mich und ich ein schlechtes Gewissen. Unverdienterweise."
„Wer's glaubt. Der Gerd schon wieder?"
„Nein, was anderes. Ich darf nicht reden drüber."
„Das nächste Schlamassel."
„Hoffentlich nicht. Und später, als sie nicht mehr ganz nüchtern war, hat sie mir das da anvertraut." Käfer legte den Plan auf den Tisch.
„Was soll das sein, Daniel?"
„Eine Zeichnung vom Salzbergwerk. Und das Kreuz da weist angeblich auf eine Fundstelle hin. Eine Leiche im Salz."
„Mir genügt ein totes Reh auf dem Küchentisch. Aber der kleine Daniel geht jetzt unter die Schatzgräber."
„Was weiß ich. Im Berg war ich heute jedenfalls. Und ein prähistorisches Mittagessen hab ich bekommen. Und der Moser Marc hat mir die zweifelhafte Ehre erwiesen, mit mir nach Aussee zu fahren."
„Hast ihm den Plan da gezeigt?"
„Ja."
„Herrgottseitennocheinmal. Was kann ein Mannsbild blöd sein."
„Wie meinst du das?"
„Wer mit dem Moser unterwegs ist, ist g'schwind unterwegs, ohne Bremsen, und irgendwann frontal gegen die Wand." Sie stand auf und ging zum Herd. „Magst kosten?"

16

Als Käfer am nächsten Morgen die Augen öffnete, war er noch in seine Träume eingesponnen. Sie hielten ihn fest mit klebrigen Fäden und flochten sich in seine Gedanken. Er hatte Angst und wusste nicht, wovor, er hatte schlechte Laune und fand keinen Grund dafür. Er verscheuchte die Bilder der Nacht mit kaltem Wasser und frischer Luft, doch die Unruhe blieb.

Schweigend saß Käfer dann am Frühstückstisch, argwöhnisch beobachtet von Maria Schlömmer, die schon dabei war, das Rehragout in unauffällige Tiefkühlbehälter zu füllen.

Er verließ das Haus, nahm erst den Weg, der zum Bahnhof führte, zweigte aber bald zum Koppental ab. Er brauchte Bewegung, viel Bewegung, und er wollte ungestört nachdenken. Eine Forststraße senkte sich steil zur Traun hinunter ab, dort folgte ein schmaler Wanderweg dem Ufer. Der Himmel war so blau wie all die Tage zuvor, als gäbe es nur dieses Blau und dieses klare, leuchtende Herbstwetter, das kein Pastell duldete und keine sanften Konturen. Hellgrün tanzten die Wellen des Flüsschens über die runden Steine im Flussbett, sanftes Glucksen und Rauschen übertönte Käfers leise Schritte auf dem mit Laub bedeckten Waldweg.

Klar, er musste noch einmal mit Frau Gamsjäger über diesen Plan reden, und zwar nüchtern. Auch hätte er nur zu gerne gewusst, was es nun wirklich mit dem Kultbeil auf sich hatte.

Auf einer schmalen Holzbrücke, die den Fluss überspannte, blieb er stehen, dachte lange über sich nach und kam endlich zum Ergebnis, dass er ein elender Narr war. Seit er seinen beherzten Versuch einer so halbwegs vernünftigen Lebensplanung aus purer Unvernunft abgebrochen hatte, benahm er sich wie ein pubertierender Jüngling. Hielt er sich an die Bibel, war er, gemessen an den Früchten, die er derzeit trug, ein kümmerlicher Baum. Unheil, aus Übermut angerichtet, eine Schimäre von Buchprojekt mit einem Partner, der ihn schon einmal betrügen wollte, ein groteskes Zwischenspiel als erfolgloser Hehler und nun auch noch grenzseriöse Ambitionen als Hobby-Archäologe, ausgestattet mit einem höchst zweifelhaften Stück Papier.

Daniel Käfer auf wenig zielführenden Pfaden unterwegs zu sich selbst – ausgerechnet er! Keine Gelegenheit hatte er früher ausgelassen, die bemühte Transzendenz von Selbsterfahrungsgruppen komisch zu finden, und mit dem aktuellen Trend zur vordergründigen Selbstverwirklichung um jeden Preis, und zwar sofort, konnte er noch weniger anfangen. Doch was tat er? Versuchte das Lustprinzip zu leben und holte sich dabei einen blauen Fleck nach dem anderen.

Käfer musste grinsen und fand, dass all diese Irrungen und Peinlichkeiten doch ganz gut zu ihm passten. Aber es war wohl ratsam, die Dinge so halbwegs ins Lot zu bringen, bevor Sabine auftauchte, die Ordnungsmacht in seinem unordentlichen Leben.

Rascher als zuvor schritt er aus. Nach einer guten Stunde weitete sich das Tal. Er kam zur schon vertrauten Bahnstation Koppenbrüllerhöhle, warf einen Blick auf den Fahrplan und nickte erleichtert. Obwohl hier nur selten Züge hielten, musste er nicht allzu lange warten.

In Hallstatt angekommen, war Käfer dazu entschlossen, auf schnellstem Wege Klarheit zu schaffen.

Als er Gerhild Gamsjägers Haus erreichte, war sie eben dabei, zu gehen. „Schon wieder Männerbesuch."

„Wer denn noch?"

„Der Herr Schiller, so heißt er doch, oder?" Sie ging die Treppe nach unten. „Hab ich Sie erschreckt?"

„Wie kommen Sie darauf?"

„Weil Sie dreinschauen wie ein ertappter Dieb." Jetzt stand sie dicht vor Daniel Käfer. „Kommen Sie mit? Ich geh den Sepp besuchen."

„Am Friedhof?"

„Im Beinhaus. Unser Friedhof ist viel zu klein. Deshalb dauert die ewige Grabesruhe hier nur zehn Jahre. Anschließend übersiedeln Gebeine und Schädel in den Karner."

Käfer ging neben ihr her. „Ich habe davon gelesen. Und die Schädel werden bemalt, nicht wahr?"

„Schon lang nicht mehr."

„Entschuldigen Sie, wenn ich frage: Aber wie erkennen Sie den Sepp dann?"

„Ich hab ihm damals mit dem Kugelschreiber ein Kreuz auf die Stirn gemacht. Na ja. Und heute hat er Geburtstag. Sehr gut waren wir ja nie miteinander. Aber dreimal im Jahr bin ich nicht so und komm."

Bald hatten sie den Friedhof erreicht. Frau Gamsjäger blieb stehen, um Atem zu holen, und schaute zur evangelischen Kirche hinunter.

„Jedem sein Gotteshaus. Und dabei geht es um ein und denselben Herrgott, sollte man meinen. Sie können sich nicht vorstellen, Herr Käfer, wie das früher war. Ich weiß das aus der eigenen Familiengeschichte. In Hallstatt hat es besonders viele Lutherische gegeben und entsprechend hart hat die Gegenreformation zugeschlagen. Acht Vorfahren von mir sind damals zur Auswanderung gezwungen worden. Die sind in Siebenbürgen untergekommen, in Hermannstadt. Und hier in Hallstatt liegen noch heute auf dem Friedhof Katholiken und Protestanten getrennt. Nur im Karner gibt es dann keine Unterschiede mehr. Kommen Sie!“

Käfer folgte Frau Gamsjäger ins Beinhaus. Nach kurzem Suchen fand sie den Schädel ihres verstorbenen Mannes und strich ihm mit einer unwilligen Bewegung über den Scheitel. „Da liegt er. Er hätt’s auch anders haben können.“ Sie schaute Käfer ins Gesicht. „Und? Waren Sie schon im Berg?“

„Ja, diese Spezialführung.“

„Also waren Sie auch beim Alten Grubenoffen.“

„Macht es Ihnen was aus, Frau Gamsjäger, wenn wir draußen weiterreden?“

„Wegen dem Sepp? Gehn S’.“

„Ich wollte mit Ihnen ohnedies über diese Grubenskizze sprechen, Frau Gamsjäger.“ Käfer schaute nachdenklich über die Dächer von Hallstatt hinweg auf den See. „Als Sie mir das Papier anvertraut haben, waren wir ja alle zwei irgendwie in einem Ausnahmezustand.“

„Besoffen.“

„Meinetwegen. Hätten Sie mir den Plan ohne Schnaps auch gegeben?“

„Weiß nicht.“

„Möchten Sie ihn zurückhaben?“

„Nie im Leben.“

„Und was meinen Sie, das ich damit anfangen soll?“

„Nach der Leich’ suchen oder es bleiben lassen.“

„Sehr hilfreich, danke. Und was ist, wenn Sie der Sepp damals angelogen hat?“

„Und was ist, wenn Sie der Herr Schiller damals angelogen hat?“

„Ich versteh den Zusammenhang nicht.“

„Dafür ich.“

„Und was wär’ das dann für ein Zusammenhang?“

„Der Sepp, der Schiller, der Herr Käfer. Drei Männer."

„Nicht zu bestreiten. Und was ist so schlimm dran?"

Frau Gamsjägers Vogelaugen glänzten. „Alles, aber auch wirklich alles. Gehen wir zu mir ins Haus? Die Nachbarn sollen was zum Schauen haben."

Käfer nippte am Kräutertee, den sie ihm ungefragt hingestellt hatte. „Was wollte denn der Schiller bei Ihnen?"

„Nicht das, was er gesagt hat."

„Und was hat er gesagt? Mein Gott, Frau Gamsjäger, Sie machen es einem aber auch nicht leicht!"

„Können Sie mir verraten, warum ich es Ihnen leicht machen soll? Geld hat er mir angeboten. Das ist ja alles, was einem Mann einfällt, wenn er was will, nicht wahr? Von der Sache mit dem Gerd hat er natürlich gewusst. Und Sie kennen ihn ja. So ungefähr hat er geredet: Vom Herrn Käfer werden Sie ja nichts annehmen wollen, weil Sie zu stolz sind für Almosen. Aber ich bin ein netter, neutraler Immobilienhai mit einem unwiderstehlichen Angebot."

„Widerling. Welches Angebot?"

„Ein zinsenloses Darlehen und als Gegenleistung von mir ein Vorkaufsrecht auf mein Haus. Ist ja abzusehen, dass ich es eines Tages nicht mehr halten kann."

„Und?"

„Ich muss darüber nachdenken, hab ich ihm gesagt. Und er hat gemeint, das freut ihn aber sehr, weil er damit das Vergnügen hat, mich wieder aufsuchen zu dürfen. Dann ist er abgezogen mit einer Schleimspur hinter sich her."

„Und weiter?"

„Nichts."

„Gut, dann zieh ich jetzt auch ab. Nur eben ohne Schleimspur."

Gerhild Gamsjäger stand auf und strich Käfer kurz über den Kopf, ähnlich wie vorhin dem Sepp. „Sie hätten's auch anders haben können."

Langsam ging Käfer zum Seeufer hinunter. Vor dem Prähistorischen Museum erblickte er zu seinem Missvergnügen Eustach Schiller, der im Gespräch mit einem älteren Mann war. Käfer wollte ausweichen, doch Schiller hatte ihn schon entdeckt und verabschiedete sich eilig von seinem Gegenüber. „Herr Käfer! Was für ein Zufall – aber so groß ist Hallstatt ja auch wieder nicht. Waren Sie schon im Museum? Wenn nein, kann ich den Besuch nur empfehlen. Man weiß ja nie genug, vor allem was Kultbeile betrifft. Bei allen Heidengöttern, schauen Sie nicht so, Herr Käfer! Ihr Blick lodert ja förmlich."

„Sie waren bei Frau Gamsjäger, nicht wahr?"

„In meiner Eigenschaft als Menschenfreund und Geschäftsmann, jawohl. Aber um auf das Museum hier zurückzukommen. Es hat eine hochinteressante Geschichte, wie fast jede Institution in Hallstatt."

„Und diese Geschichte werden Sie mir jetzt erzählen, um das Thema zu wechseln?"

„Was für eine haltlose Unterstellung. Der Herr, mit dem ich vorhin geredet habe, ist der Kustos des Musealvereins. Sehr verdienstvoller Mann, wirklich. Aber ich schweife ab. Als die Grabungen im Hallstätter Hochtal stattfanden, bedienten sich Gäste aus aller Welt in bestürzender Unverschämtheit an den Schätzen."

„Ist mir hinlänglich bekannt, Herr Schiller."

„Gut, ich kürze ab. Auch wenn ich es nicht unterlassen will, zu erwähnen, dass wohl auch einiges in Hallstatt geblieben sein wird. Privat, meine ich, als prähistorische Zukunftsvorsorge sozusagen. Der 1884 gegründete Musealverein sollte jedenfalls retten, was noch zu retten war, bewahren und natürlich ausstellen. Sie erinnern sich an meinen Bericht vom unaufhaltsamen Aufstieg der Seeauer-Dynastie?"

„Ja."

„Zwei Gründungsmitglieder hießen schon damals Seeauer, wie auch anders, möchte man meinen. Bürgermeister der eine, Hotelier der andere. Doch das nur so nebenbei. Der erste Kustos war übrigens der Ihnen wohl vertraute Mitarbeiter Ramsauers, Isidor Engl, auch als Salinenzeichner viel gerühmt, ein anderer der Wiener Naturforscher Friedrich Morton. Ein Mann von geradezu bestürzender Schaffenskraft."

„Schon gut, Herr Schiller. Ich geh dann zum Schiff."

„Abfahrt erst in einer knappen Stunde. Schade übrigens, dass Frau Gamsjäger diese verheißungsvolle Grubenskizze Ihnen überlassen hat und nicht mir, einem Mann, der nicht nur Visionen hat, sondern auch die Kraft, sie zu verwirklichen."

„Hat Frau Gamsjäger erzählt?"

„Nein. Interessante Frau, nicht wahr? Wird mich freuen, ihr wieder zu begegnen. Doch um Ihre Frage zu beantworten: Marc Moser weiß wieder einmal alles. Meines Wissens ist er schon dabei, Ihnen kräftig unter die Arme zu greifen."

„Noch kann ich darauf verzichten."

„Ihre noble Zurückhaltung wird ihn aber nicht sehr interessieren. Und Sie meinen wirklich, an der Sache könnte etwas dran sein? Wenn Sie Hilfe brauchen, auch finanzieller Natur ..."

„Nein, danke."

„Wie brüsk, Herr Käfer. Übrigens bin auch ich mit Eisenbahn und Schiff hierhergekommen. Ich werde mit Ihnen nach Aussee zurückfahren. Sie entrinnen mir nicht. Ich will aber nicht in offenen Wunden wühlen und frage Sie daher nicht, wie die Geschichte mit Ihrem angeblichen Fundstück weitergegangen ist."

„Das erspart mir die Antwort."

„Und? Welche Art der Konversation wünscht sich mein Mitreisender?"

„Beredtes Schweigen."

Die beiden saßen in der Eisenbahn einander gegenüber. Käfer schaute so interessiert wie möglich aus dem Fenster, und Schiller beobachtete Käfer amüsiert dabei, wie er aus dem Fenster schaute. „Es dunkelt, Herr Käfer. Bald werden Sie mir nur noch von fein nuancierten Grautönen erzählen können."

Schweigen.

Schiller lehnte sich behaglich zurück. „Sie möchten mir nichts erzählen? Ja, das ist natürlich schon wieder eine ganze Menge. Alles lässt nichts mehr zu, nichts aber alles."

Jetzt musste Käfer lachen. „Ich werde aus Ihnen nicht klug."

„Klug sind Sie doch schon. Und werden sollten Sie es aus sich und doch nicht aus mir."

„Gut, Sie haben gewonnen. Können wir jetzt wieder schweigen?"

„Nein."

„Und warum nicht?"

„Weil Frau Gamsjäger ein interessanter Mensch ist, wie ich schon erwähnte."

„Und weiter?"

„Weil sie enttäuscht, rachsüchtig und sentimental ist."

„Was noch?"

„Weil sie ein Weib ist. Weiß der Teufel, was sie denkt, wie der Dichter sagt."

„Was Sie alles wissen."

„Nichts weiß ich. So wenig verstehe ich von Frauen, dass auch Sie mich belehren könnten. Aber ..."

„Aber?"

„Ach nichts. Lassen wir es sein."

17

Das Geräusch einer Fahrradklingel ließ Käfer beim Frühstück aufschrecken. „Wer ist denn das, Maria?"

„Könnt' der Marc sein. Da ist er schon."

Marc Moser schob ein Mountainbike in die Küche. „Guten Morgen miteinander!"

Die Bäuerin versperrte ihm den Weg. „Das Fahrradl bleibt draußen."

„Dieses Gerät? Nie und nimmer. Alloy 7005 Rahmen, DS Wheeler D.B. Tubing, X-Fusion Glide RL Coil Dämpfer, Wheeler Integrated Steuersatz ..."

Käfer unterbrach ihn. „Nischenprodukt."

Marc Moser warf ihm einen verächtlichen Blick zu und verstaute sein Gerät im Vorraum. Er kam zurück, nahm eine leere Tasse von der Kredenz, goss Kaffee ein und setzte sich. „Action ist angesagt, volle Power, Leute. Her mit dem Plan, Daniel!"

„Wozu auf einmal?"

„Ich habe in der Salinenverwaltung Dampf gemacht. Erst wollten die nicht recht anbeißen. Hab ich den Köder gewechselt. Eine sensationelle Entdeckung steht vor der Tür und der Medienzampano Käfer steht mit seinem Namen gut dafür. Er verfügt über Zusatzinformationen, die er nicht preisgeben kann. Und er wird das Projekt mit entsprechendem Mediengetöse begleiten. Garantiert."

Käfer starrte Moser entsetzt an. „Einen Dreck werde ich tun! Erstunken und erlogen, das alles."

„Von wegen Dreck. Es wird schon gearbeitet im Alten Grubenoffen. Die Archäologen sind ja noch immer skeptisch, aber irgendwann wär' dieser Bereich ohnehin drangekommen. Und jetzt brauchen sie deinen Plan. Und die Medienarbeit kannst du ruhig einem Fachmann anvertrauen, also mir."

„Ich bin doch nicht von allen guten Geistern verlassen. Noch heute werde ich in der Salinenverwaltung die Dinge richtigstellen."

„Und damit alles verpatzen, bevor es angefangen hat. Behalte meinetwegen dein kostbares Dokument. Du hast es ja sowieso schon hergezeigt. So ungefähr wissen die Leute also, wo sie anfangen müssen. Und dann ... AIDA funktioniert immer."

„Wer ist das schon wieder?"

„Nicht wer, was! Die Universal-Zauberformel nämlich. So funktioniert die Welt, mein Lieber: Attention, Interest, Desire, Action. Mach sie auf etwas aufmerksam, kitzle ihr Interesse wach, dann ist auch schon die Sehnsucht da, was zu entdecken. Und die Folge? Action! Lass die Sache ins Rollen kommen, Daniel, nur einen Tag. Ich verspreche dir in die Hand, dass ich morgen gemeinsam mit dir in die Verwaltung geh. Dann gestehe ich meine Übertreibungen ein, die sowieso jeder von mir erwartet, und du machst deine seriösen Einschränkungen. Ist das ein Wort?"

„Das sind ein paar Worte zu viel. Aber meinetwegen. Wann morgen?"

„Vormittag hab ich Meetings. Mittag ein Arbeitsessen. Dann Telefonate. Sagen wir um drei in Hallstatt vor der Salinenverwaltung?"

„Gut, oder auch nicht gut. Und keine Action bis dahin. Was immer das sein soll."

„Verstanden. Business as usual."

Daniel Käfer schaute Marc Moser nach. „Der ist mir unheimlich."

Maria Schlömmer räumte das Frühstücksgeschirr ab. „Spät kommst drauf. Und weiter?"

„Nachdenken."

„Übertreib's halt nicht."

Er hob die Schultern, stand auf und verließ das Haus. Gedankenverloren ging er auf seine Ente zu, öffnete die fast immer unversperrte Tür und erschrak ein wenig, als er Hubert Schlömmer auf dem Nebensitz erblickte. „Da schau her!"

„Wo fahrst hin?"

„Weiß ich noch nicht."

„Dann nimmst mich zum Sommersberger See mit. Gradaus erst einmal."

Schlömmer wies ihm den Weg bis zu einem kleinen Parkplatz. „Da bleibst stehen."

Die beiden Männer schauten auf den kleinen See hinunter. Rund und schwarz lag er in einer Wiesengrube.

„Kennst ihn?"

„Nein, Hubert. Meine Eltern haben nicht gewollt, dass ich dort bade. Ich nehme an, das moorige Wasser war ihnen zu unkultiviert."

Schlömmer nickte kaum merklich. Dann griff er nach seinem Rucksack. „Gehst mit in den Wald?"

„Warum eigentlich nicht? Hast du was Bestimmtes vor, im Wald?"

„Geschossen hab ich schon vorgestern."

Fast eine Stunde gingen die beiden schweigend nebeneinanderher. Dann blieb Hubert Schlömmer unvermutet stehen, hielt Käfer am Oberarm fest und deutete mit dem Kinn nach vor. Ein grün gekleideter Mann mit Gewehr und Feldstecher näherte sich ruhigen Schrittes. Eine Armlänge entfernt blieb er stehen.

„Der Hubert in meinem Revier. Bist gern da, und oft, nicht wahr?"

Er bekam keine Antwort.

„Vorgestern vielleicht auch?"

Stummes Schulterzucken.

„Willst nicht reden?"

„Muss ich ja nicht."

„Was dagegen, wenn ich einen Blick in den Rucksack tu?"

„Willst wissen, wie mein Jausenspeck ausschaut?"

Ein langes, und wie Käfer meinte zu spüren, ausgesprochen feindseliges Schweigen brach aus. Dann ballte sich die rechte Hand des Jägers zur Faust, stieß vor und versetzte Schlömmer einen derben Schlag auf die Brust. „Schnaps hast auch mit?"

„Ja. Und Brot."

„Dann pack aus, du Hund du."

Die drei aßen und tranken. Endlich stand der Jäger auf und griff nach seinem Gewehr. „Was ich noch sagen wollt', Hubert ..."

„Sag's halt."

„Übertreib's nicht."

Schlömmer schaute ihm grinsend nach. „Er passt schon. Aber wichtig muss er sich machen. Gib einmal diesen Plan her."

Käfer holte das Papier aus der Tasche, sein Begleiter musterte es gründlich. Schließlich sagte er wie zu sich selbst: „Trau keinem Ausseer. Und schon gar keinem Hallstätter."

„Und dir kann ich trauen?"

„Auf was hinauf? Wie bist zu dem da kommen?"

„Die Witwe von einem Bergmann hat ihn mir gegeben. Die Frau Gamsjäger."

„Und warum? Hast was mit ihr?"

„Nein."

„Ich kenn einen, der arbeitet im Berg drüben. Wenn er rauschig ist, erzählt er mehr, als er will. Den Plan da kannst in der Pfeifen rauchen."

„Erklärst du mir das näher?"

„Nein. Aber verlass dich drauf."

Hubert Schlömmer setzte seinen Weg fort und Käfer ging neben ihm her. Im Halbdunkel zwischen den hohen Stämmen war es sehr kühl. Wenige Sonnenstrahlen drangen aufgefächert durch die Baumkronen und verloren sich auf halbem Weg in weiß leuchtendem Dunst.

„Schön", sagte Käfer.

„Meine Kirche", sagte Schlömmer. „Hast was mit der Mirz?"

„Wie? Ach so, die Maria. Nein. Nicht wirklich."

„Kommst wieder einmal zum Stammtisch?"

„Wenn ich darf?"

„Wer lang fragt, ist selber schuld, wenn er eine Antwort kriegt."

Gegen Mittag betraten die zwei einträchtig Maria Schlömmers Küche und ließen sich bewirten. Die Bäuerin fasste die Männer nachdenklich ins Auge. „Wie sie da sitzen, die Lumpen. Als ob nicht einer mehr als genug wär'."

Ihr Mann schaute kurz auf. „Welcher?"

„Frag ich mich auch."

Käfer machte sich auf den Weg hinunter ins Ortszentrum. Er wollte versuchen, noch mehr Informationen über diese Grubenskizze zu bekommen, bevor morgen die Stunde der Wahrheit schlug.

Ob er es wagen sollte, mit Gerd zu reden? Und ob der überhaupt mit ihm reden wollte? Er konnte es ja darauf ankommen lassen. Im Postamt suchte er nach der Telefonnummer des Rehabilitationszentrums Tobelbad. Als er in der Telefonzelle stand, hatte er feuchte Hände und ein dumpfes Drücken im Magen. Er fragte nach Gerd Gamsjäger, wurde mehrmals verbunden, musste quälend lange warten und wollte schon auflegen, als er eine vertraute Stimme vernahm. „Ja? Gerd Gamsjäger hier."

„Ich bin's, Daniel Käfer."

„Nein."

„Ja doch. Willst du überhaupt mit mir reden? Besuchen soll ich dich ja erst später, hat mir deine Mutter gesagt."

„Wenn ich mir selbst wieder ähnlicher schau. Einer wie ich im Rollstuhl ... dagegen bist du, edler Greis, ein sportgestählter Draufgänger."

„Gerd ... ich wär' fast selber draufgegangen, in der Nacht, nachdem das passiert ist mit dir. Nein, das ist übertrieben. Aber nicht sehr."

„Hast wenigstens deine Lektion gelernt?"

„Welche?"

„Man kann schon was wagen. Aber Leichtsinn rächt sich fürchterlich."

„Hab ich begriffen. Darum bin ich jetzt auf andere Blödheiten spezialisiert."

„Die da wären?"

„Lass mich von vorne anfangen. Weißt du, dass deine Mutter so ein prähistorisches Kultbeil zuhause hat?"

„Ja. Was ist mit dem?"

„Ich sollte es für sie verkaufen. Der Schiller wollte es unbedingt haben. Als er es gesehen hat, war er aber der Meinung, dass es sich nur um eine Replik handelt."

„Scheiße. Ich fürchte, der kennt sich aus. Und weiter?"

„Deine Mutter war fuchsteufelswild, ist ja zu verstehen. In Schnapslaune hat sie mir dann eine Grubenskizze gegeben, soll von deinem Vater sein. Jedenfalls ist ein Kreuz eingezeichnet. Dort wär' was Totes zu finden, hat sie gesagt."

„Eine richtige Hexe, die Frau Mutter, manchmal. Also mir hat sie nur erzählt, dass der Vater oft davon geredet hat, mehr vom Salzbergwerk zu wissen als alle anderen zusammen. Als Wässerersteiger ist er ja wirklich überall herumgekommen im Berg."

„So, so. Und ich hab den Plan herumgezeigt. Der Herr Zauner hat ihn gesehen."

„Welcher Zauner?"

„Walter Zauner. Er macht prähistorische Führungen."

„Alles klar."

„Auch ein Archäologe hat sich die Sache angeschaut, höflich desinteressiert, und zuletzt der Marc Moser."

„Und spätestens dann war der Teufel los."

„Du sagst es. Er macht Gott und die Welt rebellisch und mir wächst die Sache über den Kopf. Morgen will ich die Notbremse ziehen, in der Salinenverwaltung. Andererseits: Wenn wirklich was dran sein sollte?"

„Ja, nur wer will das wissen? Du, Daniel, da schleicht sich grad eine semmelblonde Schwester an, mit dem Es-ist-ja-nur-zu-Ihrem-Besten-Blick. Ich muss aufhören. Aber ein Tipp schnell noch: Geh doch mit dem Plan in Aussee zum Martin Köberl. Der pendelt ihn dir aus. Vielleicht weißt du dann mehr oder auch nicht. Bis später einmal, Daniel."

„Ja, Gerd, und zwar ohne Schwester."

„Weiß Gott!"

Daniel Käfer fragte gleich im Postamt nach. Er hatte Glück und traf Herrn Köberl in seinem Haus in der Kramergasse an. Ein Mann in mittleren Jahren schaute ihm freundlich entgegen. „Sie sind doch der Herr Käfer, nicht wahr? Ich kenn Sie aus der *Alpenpost*."

„Dann fällt die Einleitung kürzer aus. Ehrlicherweise muss ich sagen, dass ich mit Pendeln, Wünschelruten und dergleichen bislang esoterische Spinnereien verbunden habe. Aber der Gerd Gamsjäger hat gemeint, Sie könnten mir helfen. Außerdem greife ich derzeit nach jedem Strohhalm."

„Strohhalm! Schau ich so aus? Das müssen Sie meiner Frau erzählen. Die meint immer, ich soll abnehmen. Der Gerd also, aus Hallstatt! Wie geht es ihm denn?"

„So leidlich, aber es wird schon wieder werden, gottlob."

„Bei Gelegenheit schau ich ihn mir auch noch an – vielleicht kann ich helfen. Was ist übrigens mit Ihrem rechten Knie los?"

„Wie meinen Sie das? Na ja, ich spür's halt. Tut weh, seit Jahren schon. Ist aber nicht arg."

„Das kann noch werden. Aber um Ihr Knie geht es heute nicht, hab ich Recht?"

„In der Tat. Ich nehme an, Sie wissen, dass Archäologen nicht nur im Hochtal, sondern auch im Hallstätter Salzberg forschen und insgeheim auf den ganz großen Fund hoffen?"

„Der Mann im Salz, das unbekannte Wesen. Natürlich weiß ich Bescheid. Ich war auch schon im Berg. Aber die Sache ist verdammt schwierig. Ich habe ein paar vage Hinweise geben können, mehr nicht. Nur bei einer – sagen wir – Kleinigkeit war ich recht erfolgreich."

„Erzählen Sie!"

„Ein Knappe hat seinen Ehering im Berg verloren."

„Und Sie haben ihn tatsächlich gefunden?"

„Einen Ehering schon. Aber einen anderen. Das ist ja das Problem: Je genauer ich weiß, was ich suche, desto besser kann ich mich darauf konzentrieren. Die Prostata sollten Sie auch einmal anschauen lassen bei Gelegenheit, Herr Käfer."

„Ja? Wirklich? Keiner von uns wird jünger, nicht wahr? Aber jetzt zeig ich Ihnen was, Herr Köberl." Käfer breitete das Papier auf dem Tisch aus. „Stammt vom Sepp Gamsjäger, die Zeichnung – dem Vater vom Gerd."

„Hm. Eine Bergwerksskizze und da ist ein Kreuz im Bereich des Alten Grubenoffens. Ist ja interessant! Dort habe ich mehrmals gemeint, was zu spüren. Wissen Sie, worauf das Kreuz hinweisen soll, Herr Käfer?"

„Auf den Mann im Salz hoffentlich, eine Leiche, was Totes, hat die Frau Gamsjäger gesagt."

„So, die." Köberl bewegte die flache Hand über das Papier. „Sie und andere haben sich ja mit dem Plan beschäftigt und damit mentale Spuren hinterlassen. Die muss ich vorerst neutralisieren. Entoden nennen wir das. Na, dann muten wir einmal."

Köberl holte sein Werkzeug aus der Tischlade: ein kleines Pendel aus poliertem Metall, das an einer dünnen Kette befestigt war. Mit ruhiger Hand bewegte er das Pendel über die Zeichnung, näherte sich immer wieder dem eingezeichneten Kreuz, verharrte und beobachtete die Schwingung. Dann legte er das Pendel auf den Tisch und schaute Käfer ernst ins Gesicht. „Da ist was. In gewisser Weise stimmen Ihre Vermutungen. Ob zur Gänze oder nur zum Teil, dürfen Sie mich nicht fragen."

„Aber so weit sind Sie sich Ihrer Sache sicher?"

„Ja. So sicher, wie ich weiß, dass Sie Magenschmerzen haben. Wär' ja kein Wunder, nicht wahr?"

„Sie sind ein Dämon, Herr Köberl."

„Danke."

18

Als Käfer am Morgen des folgenden Tages in die Küche kam, sah er Sabine Kremser neben Maria Schlömmer am Frühstückstisch sitzen. Er freute sich, dann hob Sabine den Kopf, schaute ihn an, und er freute sich nicht mehr. Jetzt erst bemerkte Käfer, dass zahlreiche Tageszeitungen auf dem Tisch lagen. Sabine schob ihm eine davon hin. „Sag einmal, bist du jetzt völlig durchgeknallt, Daniel?“

Mit blankem Entsetzen starrte Käfer auf die Schlagzeile. *SENSATION: EIN NEUER MANN IM SALZ*. Dann las er weiter:

> *Seit dem Verlust seines* IQ *will der bekannte Publizist Daniel Käfer offenbar nicht mehr Geschichten, sondern Geschichte schreiben. Die in Hallstatt tätigen Archäologen sind skeptisch, doch Käfer setzt kühl und selbstbewusst dagegen: Ich habe den entscheidenden Hinweis und mir stehen Informationen zur Verfügung, die jeden Zweifel ausschließen.*

Sabine hielt ihm eine neue Zeitung vors Gesicht. „Und hier, Daniel, besonders hübsch formuliert: *SALZLEICHE ALS KARRIEREHELFER*. Oder da: *PRÄHISTORISCHER SALZKÄFER*. Und so weiter! Nicht nur österreichische Zeitungen, auch deutsche. Welcher Teufel hat dich denn diesmal geritten?“

Käfers Gesicht war zornrot. „Dieser Marc Moser ist entschieden zu weit gegangen. Das wird er mir büßen.“

Sabine Kremser musterte ihren Freund mit unbewegtem Gesicht. „Also dumm gelaufen, wie? Das wirst du mir jetzt ganz genau berichten. Entschuldige, Maria, aber für dich wär’s vielleicht peinlich, zuzuhören.“

„Geht's hinter das Haus, ihr zwei, zu den Hendeln. Die sagen schon nichts weiter."

Daniel Käfer berichtete, Sabine Kremser hörte ihm schweigend zu, nur selten stellte sie knappe, präzise Zwischenfragen. Als er geendet hatte, schaute sie ihn eine Weile stumm an, Ratlosigkeit im Gesicht. Dann brüllte sie plötzlich los. „Du dreimal verdammter Narr!" Rasch wurde sie ruhig. „Es ist dir doch klar, Daniel, dass du bei einem Misserfolg nicht nur international zum Gespött wirst. Auch beruflich kannst du einpacken. Das neue Buchprojekt inklusive."

„Heute Nachmittag kann ich immer noch die Notbremse ziehen, Sabine."

„Hoffentlich. Aber irgendwie glaube ich das nicht. Und die Chance, wirklich etwas zu finden, wie hoch schätzt du sie ein, ehrlich?"

„Weiß nicht. Eher gering. Andererseits, dieser Herr Köberl ..."

„Der Pendler? Mach dich nicht lächerlich. Daniel, als die Sache mit Gerd Gamsjäger passiert ist, habe ich dich noch einigermaßen verstehen können, Midlife-Crisis, oder so. Aber jetzt, mit deiner dummdreisten Naivität, bist du mir sehr fremd. Gerade du solltest Typen wie den Herrn Moser doch zur Genüge kennen."

„Tatkräftigen Helfern sieht man vieles nach. Aber damit ist es ohnehin vorbei."

„Das ändert nichts mehr an den Schlagzeilen."

„Nein. Natürlich nicht. Lass mich versuchen zu erklären, Sabine. Das alles hat auch mit der Frau Gamsjäger zu tun. Zuerst verderbe ich ihr die einzige Hoffnung, mit diesem Kultbeil ihre Geldsorgen loszuwerden und Gerd besser helfen zu können. Und jetzt soll ich auch noch ein Dokument, das sie mir anvertraut hat, ungeprüft zur Fälschung erklären? Sie ist auf ihre Art eine großartige Frau, weißt du. Und sie braucht mich derzeit, auch wenn sie das nicht zugeben will."

„Ja, dann heirate sie doch, deine Frau Gamsjäger, und werdet glücklich bis ans Ende eurer blöden Tage!" Sabine wischte mit der Hand über die Augen. „Entschuldige. War unfair."

Käfer wollte einen Arm um sie legen, sie wehrte ihn unwillig ab. „Lass das."

„Aber ich habe dir doch nichts getan. Nur ich allein stecke bis zum Kinn im Treibsand."

„Nur du allein?"

Ihr Gesicht war dicht vor seinem. „Du wirst es wohl nie begreifen?" Sie senkte den Kopf, er schaute über ihn hinweg. „Nein. Ich werd's nie begreifen. Aber deine unerschütterliche Zuneigung geht mir schön langsam auf die Nerven."

Sie hob den Kopf und war ganz ruhig. „Dann geh zum Teufel, Daniel, und zwar allein."

Käfer schaute den Hühnern zu, wie sie scharrten und pickten oder mit aufgeplusterten Federn ein Bad im sonnenwarmen Sand nahmen. Dann ging er vor das Haus. Sabines Auto war schon fort.

Also Hallstatt, auch wenn es viel zu früh dafür war. Käfer fand einen Parkplatz in der Nähe der Holzfachschule. Er stieg aus, blieb unschlüssig stehen und schaute zum See hin. Er hatte keine Lust darauf, Frau Gamsjäger zu besuchen, und vor einem Gespräch mit Arnold Lobisser mit womöglich klug insistierenden Fragen hatte er Angst. Auch war ihm der Gedanke an ein frühzeitiges Zusammentreffen mit Marc Moser unbehaglich. Unerbittlich und blitzschnell wollte er den vernichtenden Schwertstreich führen. „*Man sah zur Rechten wie zur Linken einen halben Moser herniedersinken ...*", murmelte Käfer balladesk und grinste böse.

„Was sagst du da?" Anna stand neben ihm.

„Nichts Besonderes, war nur eine Morddrohung. Warum baust du keine Instrumente?"

„Weil ich frei hab. Hast Zeit?"

„Mehr als mir lieb ist."

„Ich wollt' eine kleine Wanderung machen, ins Echerntal, zum Waldbachstrub. Da kommt Wildwasser vom Dachsteinplateau herunter."

„Ich hab gehört davon – aber in welchem Zusammenhang? Jetzt weiß ich's wieder: Stifter. Den werd ich wohl nicht mehr los."

„Was ist jetzt? Kommst mit?"

Aufatmend schaute Käfer um sich. Nach und nach verengte sich das Tal. Eine fast lotrechte Felswand schob sich in den blassblauen Himmel, winzig erscheinende Bäume standen dicht am Abgrund. Die andere Seite des Weges begleitete der Waldbach, freundlich vor sich hin rauschend um diese Jahreszeit. Im waldigen Talgrund lagen hausgroße Felsbrocken zwischen den Baumstämmen.

„Schön langsam wird mir leichter, Anna."

„Und vorhin war dir nicht so leicht?"

„Nein. Handfester Krach mit der Sabine. Natürlich war sie im Recht. Und natürlich hat sie helfen wollen, allzeit getreu an meiner Seite. Alles was mir dazu eingefallen ist, war, dass ich ungerecht und verletzend geworden bin."

„Und jetzt tut es dir leid?"

„Das ist ja das Schlimme – nein. Weißt du, ich will endlich einmal ganz allein verantwortlich für meine Blödheiten und meine Gescheitheiten sein."

„Nach dem Unfall vom Gerd warst aber recht froh, sie zu haben, deine bessere Hälfte."

„Bessere Hälfte! Klingt ja nach silberner Hochzeit und Geschenkkorb."

„Schlecht? Was ist, wenn du sie wirklich los bist, die Sabine, für immer?"

„Unvorstellbar. Aber allein die Tatsache, dass es unvorstellbar ist, macht mich misstrauisch."

„Ist mir zu kompliziert. Komm, wir gehen über die Brücke da. Ich zeig dir was."

Geschickt kletterte Anna über große runde Steine zum Bach hinunter. Hier floss das Wasser kraftvoll und wild über eine Geländestufe. Ein Gewirr von Baumstämmen war in der reißenden Strömung zwischen Felsblöcken festgeklemmt. Wasserstaub lag in der Luft und ließ das wuchernde Grün am Ufer nass glänzen. Die Bäume waren von Moos und Flechten bedeckt, hohe Farne standen dazwischen.

„Also, ich sag immer Hallstätter Regenwald dazu. Schön, was? Komische Sachen stehen übrigens heute über dich in der Zeitung, Daniel. Alles wahr?"

„Nicht einmal zehn Prozent. Der Moser Marc hat zugeschlagen, gegen alle Vereinbarungen."

„Mit dem musst halt vorsichtig sein. Und jetzt wirst du dann berühmt oder berüchtigt."

„So ungefähr. Heute Nachmittag wird sich herausstellen, wie es weitergeht. Ohne Marc Moser jedenfalls."

„Auf dem Ohr hört er aber verdammt schlecht."

Nach einer guten halben Stunde war der Talschluss erreicht. Anna gab Käfer einen sanften Stoß. „Nicht schlecht, was? Im Frühjahr solltest du einmal hier sein. Da zwängt sich das Schmelzwasser vom Hallstätter Gletscher durch den Karst und kommt hier heraus. Gewaltig, sag ich."

„Auch jetzt sehr eindrucksvoll. Wirklich. Und wir zwei stehen da und schauen den Sturzbächen beim Stürzen zu."

„Was sonst?"

„Sollt' ich drüber nachdenken, Anna?"

„Lieber nicht."

„Aber du bleibst mir schon irgendwie?"

„Klar."

„Sag einmal, Anna ... Freundschaft zwischen Mann und Frau, kann's die geben?"

„Nein. Nie. Aber probieren wir es halt."

Kurz vor drei Uhr Nachmittag kam Käfer zur Salinenverwaltung in Hallstatt. Sein Opfer stand wartend vor der Tür.

„Marc Moser! Was hat dich auf die hirnverbrannte Idee gebracht, ohne meine Zustimmung eine Pressekampagne loszutreten, noch dazu mit Halbwahrheiten und Lügen?"

„Business as usual. Ist ja mein Job."

„Und dass du mich damit beruflich ruinieren und persönlich fertigmachen könntest, ist dir noch nie in den Sinn gekommen?"

„Schon. Aber ohne Einsatz gibt's keinen Gewinn. Und ich kenne Typen wie dich, Daniel. So einer zaudert und zögert so lange, bis das wenige Pulver, das wir haben, auch noch verschossen ist."

„Dann werde ich jetzt einmal nicht zaudern und zögern. Wir sind geschiedene Leute. Ich will mit dir nichts mehr zu tun haben. Auch nicht das Geringste."

„Und wenn du am Schluss als strahlender Held dastehst?"

„Auch dann."

Marc Moser zuckte mit den Schultern. „The winner takes it all. Und Schluss jetzt. Unsere Partner kommen."

In der geöffneten Tür standen Werner Klampfl und ein schlanker Mann um die vierzig. Klampfl lächelte schmal. „Guten Tag, Herr Käfer. Ich darf Ihnen Hans Gruber vorstellen? Er ist hier Betriebsleiter. Wir arbeiten zusammen, so gut es geht, und es geht fast immer gut. Und der Herr Moser ist natürlich auch dabei, wie ich sehe."

Käfer beherrschte sich mühsam. „Ja."

Hans Gruber wandte sich schon zum Gehen. „Fahren wir hinauf und dann in den Berg? An Ort und Stelle können wir uns besser vorstellen, wovon wir reden."

Unterwegs in der Seilbahn versuchte Käfer die aktuellen Zeitungsmeldungen richtigzustellen. Werner Klampfl winkte ab. „Das ordnen Sie bitte mit dem Moser Marc. Ist nicht unsere Sache. Mir hat man jedenfalls nahegelegt, es doch wieder intensiver im Bereich des Alten Grubenoffens zu versuchen. Und ein wenig Geld ist auch versprochen worden. Zu wenig, wie üblich. Was soll's. Darf ich Ihren Plan haben, Herr Käfer?"

„Sie schon. Aber geben Sie ihn bitte nicht weiter."

„Wir Archäologen sind die geborenen Geheimniskrämer. Übrigens sind wir schon jetzt auf etwas gestoßen, das Ihre Vermutung nicht wirklich bestätigt, aber doch ein wenig wahrscheinlicher macht."

„Wie bitte?"

„Das überrascht Sie wohl selbst? Sie werden ja sehen." Auf dem Weg durch das Hochtal ging Klampfl neben Käfer her. „Ich erkläre Ihnen, wie schon versprochen, zuvor die Gründe für meine Skepsis. Die prähistorischen Bergleute haben den nassen Abbau, also Laugwerke, ja noch nicht gekannt oder nicht gewagt. Wasser im Berg war für sie der reinste Horror. Natürlich hat es auch damals wasserführende Schichten in der Nähe der Tagesoberfläche gegeben. Wir fragen uns bislang vergeblich, wie damit umgegangen wurde. Möglicherweise war schon vor Tausenden Jahren ein ausgeklügeltes Entwässerungssystem vorhanden, nämlich Wasser ausleitende Stollen im untersten Grubengebäude, ganz wie unser heutiger Erbstollen. Wie auch immer: Salz wurde in vorgeschichtlicher Zeit nur in fester Form abgebaut, also mit unendlicher Mühsal aus dem Fels geschlagen – auch wenn die Werkzeuge einen erstaunlichen Grad an Spezialisierung aufwiesen. Und die Abbautechnik war ja auch alles andere als primitiv. Sie selbst haben die berühmten herzförmigen Abbauspuren im Hohlraum beim Stüger-Werk gesehen. Aber ich schweife ab. Wesentlich für meine Arbeit ist, dass dieser Abbau auf reiche Salzvorkommen angewiesen war. Der Bereich, in dem wir jetzt suchen, ist aber salzarm bis salzlos. Warum sollten dort prähistorische Knappen tätig werden?"

„Ja, warum?" Käfer blieb stehen und hielt den Archäologen am Arm zurück. „Herr Klampfl, es war doch nie meine Absicht, Sie in ein aussichtsloses Projekt zu treiben."

„Das würde Ihnen auch nicht gelingen."

19

Klampfl hob die Grubenlampe. „Wir sind am archäologischen Tatort angelangt. Hundert Meter senkrecht über uns ist die Tagesoberfläche. Es bestehen für mich berechtigte Zweifel daran, ob sich die prähistorischen Bergleute in eine solche Tiefe vorgewagt haben."

„Aber Sie sagten doch ..." Käfer schaute sich neugierig um.

„Jaja." Jetzt richtete der Archäologe den Lichtstrahl gegen die Stollenwand. „Sehen Sie hier das grün verfärbte Salz? Aber das ist doch dein Thema, Hans, wie?"

Gruber räusperte sich. „Ja und nein. Es gibt im Berg Salz, das auf natürliche Art gelblich oder auch grün gefärbt ist. Die geologische Bezeichnung dafür ist Astrakanit.

Wir kennen aber auch eine Verfärbung, die mit der Arbeit im Berg zusammenhängt, in prähistorischer Zeit, meine ich. Die Oberfläche von Bronzewerkzeugen wird nämlich durch die Sole zersetzt. Besonders intensiv ist dieser Vorgang natürlich bei abgebrochenen Pickelspitzen, die sehr lange im Gestein liegen bleiben. Dabei entsteht Grünspan, der das Salzgebirge färbt. Atakamit ist der Fachausdruck dafür. Ich will Sie jetzt nicht mit Theorie und Bestimmungsverfahren langweilen, aber meine Erfahrung sagt mir, dass wir es hier ziemlich sicher mit Grünspan zu tun haben."

Klampfl lächelte. „Diese Meinung teile ich zwar nicht, aber Ihre Schatzkarte gewinnt ja doch ein wenig an Bedeutung, Herr Käfer."

„Und was hat es eigentlich mit dem Seil aus Lindenbast in diesem Zusammenhang auf sich? Herr Zauner hat mir bei der Führung davon berichtet."

„Ja, das Seil ... Sie sollten es sehen, Herr Käfer, es wirkt so gut wie neu. Man wäre fast versucht zu meinen, es stamme wenigstens aus dem Mittelalter. Es ist aber prähistorisch. Ein Seil im Berg ist dazu da, um Lasten zu transportieren, und so gesehen könnte es einen Hinweis auf die Salzförderung durch einen senkrechten Schacht darstellen. Sie sehen, wir haben noch viel zu lernen und zu entdecken. Und was dieses konkrete Projekt betrifft: Ein paar Tage treiben wir es noch voran. Dann sind die Geldmittel erschöpft."

Wieder im Licht, musste sich Daniel Käfer den herausfordernden Blick von Marc Moser gefallen lassen. „Das ist es doch, was du hast haben wollen, oder?"

Käfer versuchte eine Antwort zu finden. Dann drehte er sich um und ging eilig davon.

„Herr Käfer, gut, dass Sie da sind." Gerhild Gamsjäger saß am Tisch, dunkel gekleidet, wie immer. Vor ihr lagen Tarot-Karten.

„Gut, dass ich da bin? Das höre ich von Ihnen aber das erste Mal, Frau Gamsjäger."

„Wird auch das letzte Mal gewesen sein."

„Und die Karten? Was sagen die?"

„Nichts Gutes."

„Am besten nicht dran glauben."

„Sie haben leicht reden. War übrigens ein Leichtsinn, das mit der Zeitung."

„Nicht von mir. Das hat mir jemand untergeschoben, ein Ausseer, Sie werden ihn nicht kennen."

„Muss ich das?" Sie schaute ihren Besucher neugierig an. „Geht was weiter im Berg?"

„Ja, schon. Es sind auch bereits ein paar bescheidene Hinweise entdeckt worden."

„Verdammt noch einmal."

„Wie versteh ich das jetzt?"

„Nicht. Sie haben noch nie was verstanden. Dieser Schiller war gestern bei mir. Einen ganzen langen Abend lang."

„Schnaps?"

„Doch nicht mit dem. Wo ist Ihre Freundin?"

„Weg. Wir haben Krach gehabt, wegen der Zeitungsgeschichte und so."

„Das zahlt sich aus. Wie geht's Ihnen denn, Herr Entdecker?"

„Einmal zuversichtlich, einmal zweifelnd, einmal deprimiert."

„Sie haben mit dem Gerd telefoniert. Ist jetzt alles klar zwischen euch?"

„Das wär' zu viel verlangt. Burgfrieden, bis wir uns einmal unter erfreulicheren Umständen gründlich ausreden können."

„Es geht rascher bergauf mit ihm, als die Ärzte vorausgesagt haben. Zäh war er schon immer, der Bub. – Zum Pendler hat er Sie geschickt, wie?"

„Man lässt ja nichts unversucht."

„Was hat der Mann gesagt?"

„Dass er was spürt an der eingezeichneten Stelle, dass da was ist."

„Natürlich ist da was."

„Sie sind wirklich ganz sicher, Frau Gamsjäger."

„Ja."

Sie trat ans Fenster. „Ist es Ihnen schon aufgefallen? Die Herbstfarben verlöschen. Bald ist nur noch alles braun und grau und schwarz und der Nebel drüber wie ein dreckiges Leintuch. Dann gibt es hier keine Tageszeiten mehr. Irgendwann verkriecht sich die Nacht und dieses weißgraue Licht macht sich breit, bis es schwarz wird und so weiter. Hat Ihnen der Gerd von unserer Schattenuhr am Haus erzählt? In der schönen Jahreszeit macht sie sich lächerlich, weil sie nichts zustande bringt ohne Sonne. Aber wenn nichts mehr da ist, an dem man sich anhalten kann, wenn einem die Stunden zerrinnen und Tage sich verlieren, dann zeigt die Uhr die richtige Zeit."

„Und was wär' das für eine?"

„Zeit für die unter der Erde und für den im Himmel oben. Niemandszeit. Was machen Sie noch da, Herr Käfer? Fahren Sie doch auf Urlaub nach Italien. Sie haben ja Geld. Worauf warten Sie?“

„Na, worauf schon, Frau Gamsjäger. Bevor ich irgendwas Neues anfange in meinem Leben, möchte ich wissen, wie es weitergeht. Mit dem Gerd, mit Ihnen und natürlich im Salzberg.“

Frau Gamsjäger setzte sich wieder an den Tisch. „Der Gerd kommt ohne Sie zurecht, ich pfeif Ihnen was und der Salzberg ...“ Mit einer heftigen Handbewegung zerstörte sie die Ordnung der Karten, eine fiel zu Boden, vor Käfers Füße. Er hob sie auf. „Der Narr. Was will ich noch mehr?“

„Werfen Sie die Karte weg.“

„Grad nicht!“

„Mannsbild! Und wenn ich schon beim Thema bin: Dieser Schiller ist ein besonderes Prachtstück.“

„Also ich weiß nicht recht.“

„Von Ihnen hat er auch erzählt.“

„So? Nichts Gutes wahrscheinlich.“

„Ganz im Gegenteil. Aber vorher hat er sich selber schlechtgemacht, und wie. War fast schon zum Fürchten. Wie ein ausgeblasenes Ei kommt er sich vor, hat er gesagt, ein Nichts mit einer spröden Schale drum herum, die hoffentlich bald einmal zerbrechen wird. Und was bleibt dann von einem leeren Leben? Ein stinkender Haufen Geld.“

„Katzenjammer, der Ärmste. Und auf die Idee, den Haufen Geld mit Ihnen irgendwie zu teilen, ist er nicht gekommen?“

„Doch.“

„Jetzt machen Sie mich neugierig.“

„Ich darf nichts erzählen, schon gar nicht Ihnen, hat er gesagt. Doch was will der mir verbieten. Also, wie Sie ihn damals bei der Ruth Zimmermann getroffen haben, nach der Sache mit dem Gerd, hat er etwas ganz Besonderes tun wollen, das erste Mal im Leben. Einsam ist er immer gewesen, damit ist er gut zurechtgekommen. Aber Sie hat er vom ersten Moment an sehr geschätzt und gemocht. Zeigen hat er es natürlich nicht können. Aber er hat immer eine Nähe gespürt, die er noch nie erlebt hat. Zwei Narren halt, die sich gefunden haben, so seh ich das."

„Und weiter?"

„Wie Sie damals ins Kaffeehaus gekommen sind, hilflos, verwirrt und ziemlich verzweifelt, wollte er einfach seine Freundschaft anbieten, ganz ernst und innig, ohne Wenn und Aber."

„Hat nicht so geklungen."

„Weil der Mensch nicht einmal dann den richtigen Ton trifft, wenn er es ehrlich meint. Sie haben ihn zurückgestoßen. Er war zornig und verletzt. So schnell geht das bei Kindern und Männern. Heimzahlen wollt' er es Ihnen jedenfalls."

„Da hab ich wohl einiges an Porzellan zerschlagen. Und halt, jetzt dämmert es mir: das Kultbeil!"

„Einmal merkt's jeder. Er hat sich mit großem Vergnügen an Ihrer peinlichen Enttäuschung geweidet. Die Geschichte von der Herkunft des alten Stücks aus Graz hat er ohnehin keine Sekunde geglaubt. Außerdem hat er gewusst, wie Sie zu mir stehen, kennt sich in Hallstatt aus und hat eins und eins zusammengezählt. Dumm ist er ja nicht."

„Und ich bin mir weiß Gott wie raffiniert und diplomatisch vorgekommen."

„War ja auch gut gemeint."

Für einen Augenblick spürte Käfer ihre Hand auf seinem Unterarm. „Ja, das schon, Frau Gamsjäger."

„Na also, der Wille zählt fürs Werk. Jedenfalls hat mir der Schiller gestern Abend auf den Kopf zugesagt, dass ich so ein Kultbeil habe und dass er es mir abkaufen würd'. Und auf einmal war auch die ganze sentimentale Melancholie beim Teufel. Fällt wenigstens die Provision für den Herrn Käfer weg, hat er grinsend gemeint."

„Und? Haben Sie es ihm gegeben, das Beil? Hoffentlich!"

„Nein. Fragen Sie mich nicht, warum. Aber da war noch so ein Trumm im Nachtkastl. Das hat er jetzt. Und der Preis reicht für die Behandlung vom Gerd und darüber hinaus."

„Sie wissen gar nicht, wie sehr ich mich darüber freue."

„Vielleicht weiß ich es doch. Tee?"

„Ja, bitte gern. Der Gerd hat mir erzählt, dass Ihr Mann Wässerersteiger war im Salzberg?"

„Ja. Mordsmäßig stolz war er darauf."

„Was ist das für ein Beruf?"

„Ein ganz wichtiger. Solche Leute sind für das Wasser zuständig, ober Tag und unter Tag. Das klingt so harmlos, aber Sie werden vielleicht schon mitbekommen haben, wie wichtig das Wasser für den Salzabbau ist, und wie kreuzgefährlich es werden kann."

„Ja, so viel weiß ich."

„Ein Wässerersteiger trägt also einige Verantwortung. Und er entscheidet, was wann und wo zu geschehen hat. Solche Leute sind die meiste Zeit allein unterwegs, kennen die Landschaft und den Bergbau besser als ihre Hosentasche. Und irgendwelche Heimlichkeiten trägt natürlich jeder von denen mit sich herum. Der ehemalige Meinige hat es besonders gut gekonnt, wie

Sie ja wissen.“ Sie starrte Käfer in die Augen, als wolle sie ihn hypnotisieren. „Hören Sie auf mit dem Blödsinn im Berg, Herr Käfer. Vergessen Sie diese Grubenskizze, schnell auch noch.“

„Warum sollte ich?“

„Weil ich es Ihnen sage.“

„Aber Sie versprechen doch, dass wir fündig werden? Haben Sie mich angelogen?“

„Nein.“ Sie stand auf und ging auf ihn zu, so nahe, dass er sie spüren konnte. „Und wenn ich Sie bitte? Mehr ... mehr kann ich doch nicht.“

Er senkte den Kopf. „Sehen Sie, mir ist ja auch nicht ganz wohl dabei. Nur – man hat mir die Geschichte so ziemlich aus der Hand genommen. Aber, versprochen, Frau Gamsjäger: Ich werde tun, was ich kann.“

„Und das wird nicht viel sein. Aber schon wieder einmal gut gemeint.“

Käfer war nicht sehr erstaunt, nach wenigen Schritten auf Eustach Schiller zu treffen. Er hatte die Arme auf ein Holzgeländer gestützt und schaute über den schon dunkler werdenden See. Käfer blieb neben ihm stehen. „Die Frau Gamsjäger hat dann doch erzählt.“

Schiller schaute weiter unbewegt in die Ferne. „So, hat sie. War zu erwarten.“

„Es war für mich nicht zu erkennen, dass Sie mir aufrichtig helfen wollten damals.“

„Das glaube ich Ihnen. Ich sorge stets dafür, dass nichts zu erkennen ist, schon aus Angst, mich zu entblößen. Und als ich es wirklich einmal wagen wollte, nackt zu sein, habe ich nur so getan.“

„Frau Gamsjäger hat Recht.“

„Womit?“

„Der Herbst verliert seine Farben. Die graue Zeit kommt.“

„Sehen Sie, Herr Käfer, das war schon wieder etwas in dieser Art. Nichtssagend reden, um nicht vielsagend schweigen zu müssen."

„Also gut. Da stehen wir zwei. Keiner von uns weiß was Rechtes mit sich anzufangen, und was zwischen uns sein könnte, bleibt sehr ungewiss."

„Klingt schon viel besser. Sehen Sie da unten das hölzerne Haus zwischen Uferstraße und See?"

„Ja. Es ist Licht im Fenster."

„Wie tröstlich. Das Terrassencafé Polreich, müssen Sie wissen, ist ein bezaubernder Zufluchtsort für leicht verbeulte Herren unseres Schlages."

„Na? Habe ich zu viel gesagt? Das flirrend leichte, schelmisch brave Flair der Sommerfrische, mit unwiderstehlichem Charme in die Jahre gekommen. Und vor den Fenstern der See. Wissen Sie, Herr Käfer, dass ich dereinst eine Vespa mein Eigen nannte?"

„Wirklich? Und das Brisk-frisierte Haar hat nicht den Bruchteil eines Millimeters im Winde geflattert?"

„In der Tat. Umso beweglicher war die fertig geknotete Plastikkrawatte am Gummiband."

„Schrecklich. Ich kenn's von meinem älteren Bruder."

„Wann ist eigentlich Sabine in Ihr Leben getreten?"

„Das dürfte an die zehn Jahre her sein. Ich war schon in Deutschland, als sie meine Geschicke in ihre Hand genommen hat."

„Vernehme ich einen Vorwurf?"

„Keineswegs. Allenfalls unwillige Dankbarkeit."

Schiller lehnte sich zurück, sein Sessel knarrte. „Ich sehe schon, mein Lieber, dass wir beide nicht eben Meister in der schönen Kunst der Beziehungsfähigkeit sind."

„Das ist keine Kunst, sondern eine Eigenschaft, Herr Schiller, und für eine solche trägt man nur bedingt Verantwortung."

„Sehr schön, akzeptiert! Ich würde es, offen gesagt, gerne sehen, Sie nicht ganz aus den Augen zu verlieren. Irgendwie sind wir ja aufeinander angewiesen in dieser grausamen Fremde, deren Bewohner sich so trefflich darauf verstehen, einen boshaft zu umarmen oder liebevoll wegzustoßen."

„Soll sein, Herr Schiller. Noch was?"

„Ja, der Salzberg. Ziehen Sie um Himmels willen den Kopf aus der Schlinge!"

20

„Den Kopf aus der Schlinge, Herr Schiller? Nichts lieber als das. Nur läuft die Sache jetzt auch ohne mein Zutun. Aber das Theater hat bald ein Ende, so oder so."

„Theater? Gutes Wort. Darf ich mitspielen?"

„Nicht Sie auch noch."

„Weisen Sie mich nicht zurück, Herr Käfer. Sie kennen die schrecklichen Folgen."

„Also gut. Was schlagen Sie vor?"

„Eine Kabale, was sonst? Sie wissen einiges über mich, wenig, aber doch ... Es wird Sie nicht überraschen, dass ich in der Chefetage der Österreichischen Salinen durchaus zuhause bin. Ganz oben, versteht sich."

„Und was soll das bringen?"

„Wäre Ihnen mit einem, nun, ich will sagen, ehrenvollen Ausstiegs-Szenarium gedient?"

„Ja, schon. Auch wenn dann eine gute Portion unbefriedigter Neugier übrig bliebe."

„Das werden Sie aushalten." Schiller zog eine große silberne Taschenuhr hervor. „Es ist spät geworden. Nehmen Sie mich mit nach Aussee in Ihrem reizenden Auto?"

„Sehr schön.“ Schiller nahm genussvoll seufzend Platz. „Ich habe es ja stets für verzichtbar gehalten, ein Auto zu besitzen. Aber dieses Gefährt kommt dem Idealzustand, kein Auto zu haben, erfreulich nahe. Werden Sie über den Koppenpass fahren? Ist die Steigung denn zu bewältigen?“

„Aber ja. Im ersten Gang. Flottes Schritttempo.“

„*Gott schuf die Zeit. Von Eile hat er nichts gesagt*. Karl Heinrich Waggerl, Meister der Sprache, respektabler Erzähler und peinlicher Nazi-Adorant. Wie kommt das nur zusammen, Herr Käfer?“

„Talent und Charakter müssen nichts miteinander zu tun haben.“

„So ist es wohl. Und ich werde mich hüten, meine Biographie unter diesem Aspekt zu betrachten. Wie geht es eigentlich der Anna? Ich habe sie lange nicht mehr gesehen.“

„Ich war heute mit ihr im Echerntal. Wunderschöne Wanderung.“

„Ich weiß. War noch was wunderschön?“

„Nein. Sie lernt Instrumentenbau hier in Hallstatt, werden Sie ja wissen. Und mit diesem Arnold Lobisser hat sie einen idealen Lehrer und Mentor gefunden.“

„Ja, der! Würde es mir je gelingen, sein Haus zu erwerben ... mein lieber Herr Käfer! Dann ließen mich alle anderen Häuser dieser Welt kalt – bis ans Ende meiner Tage.“

„Und was hätten Sie dann? Ein Haus, das Sie lieben und bewundern und in dem Sie fremd bleiben – bis ans Ende Ihrer Tage.“

„Sie sind grausam, Herr Käfer. Aber Sie haben Recht. Ist es auch ganz gewiss, dass die Scheinwerfer eingeschaltet sind?“

„Na klar!“

„Ich habe eher den Eindruck, ein matt schimmerndes Irrlicht schwebe vor uns her."

Käfer grinste, doch das konnte Schiller in der Dunkelheit nicht sehen. Schwarzes Schweigen füllte das kleine Auto, wuchs darüber hinaus und stieg wie Rauch in den schwarzen Himmel.

Irgendwann war ja doch die Passhöhe erreicht. Schiller schaute aufmerksam umher und wandte sich dann Käfer zu. „Hier an der Grenze zwischen den Bundesländern muss es gewesen sein. Können Sie kurz halten?"

„Wie Sie meinen. Und was war da?"

„Nun, mein Lieber, wenn Sie vor der Aufgabe stehen – zum Beispiel in Ihrem geplanten Buch –, das Wesen dieses seltsamen Lebensraumes in wenigen Sätzen zu erklären, erzählen Sie einfach, was sich hier ereignet hat. Doch wie immer gibt es ein bombastisches Vorspiel im Theater der Mächtigen, bis dann endlich das bescheidene Geschehen auf der lokalen Bühne mit ihren Laiendarstellern zum Kern der Sache kommt. Es gab einen Bruderzwist im Hause Habsburg: Friedrich III., der das Ausseer Salz beanspruchte, focht mit Albrecht VI., der die Hallstätter Vorkommen ausbeuten ließ, einen erbitterten Erbfolgestreit aus. Nun war es und ist es ja bis heute nicht so, dass die Ausseer und die Hallstätter ein einig Volk von Brüdern und Schwestern wären. Immerhin gibt es jedoch seit jeher über alle Unterschiede hinweg ein gesundes Unbehagen jegliche Obrigkeit betreffend, ich möchte sogar meinen, einen gewissen Hang zur Anarchie. Und dann stand natürlich für die Hallstätter wie auch für die Ausseer fest, dass es besser war, zu arbeiten und damit das Leben zu fristen, statt hungernd den hohen Herren beim Streiten zuzuschauen. Es musste also etwas geschehen, und zwar bald. Darum trafen einander hier, am sozusagen neutralen Koppen, ein paar aufrechte Männer und schlossen kurzerhand einen Privatfrieden."

„Nicht schlecht. Wann war das?"

„1463. Den Kernsatz dieser Vereinbarung hat ein Mann wie ich natürlich im Kopf ... *dass beide Salzsieden Hallstatt und Aussee mit ihren Zugehörungen in Fried bleiben und denselben Frieden bis auf den nächstkünftigen St. Michelstag treulich halten wollen, alle Arglist hintangesetzt*. Um wenigstens den Schein der Untertänigkeit zu wahren, wurden noch ein paar beschwichtigende Wenn und Aber angefügt. Doch der Krieg war aus. Beschlossene Sache. Punktum."

Käfer startete und setzte die Fahrt fort. „Und wie ist es weitergegangen mit dem Salzkammergut?"

„Mit den Salzkammergütern, sollte man sagen. Das Ischlland, mit ihm Hallstatt, und das Ausseerland sind ja noch lange getrennt geblieben. Doch hier wie da brachen böse Zeiten an. Die Herrscher verpachteten die Salzwirtschaft und die Pächter beuteten die Vorkommen rücksichtslos aus. Niemand dachte auch nur eine Sekunde lang daran, für die Zukunft zu investieren. Und den Knappen und Salinenarbeitern ging es schlechter denn je."

„Und wie wird es uns beiden gehen, Herr Schiller?"

„Das wird sich weisen. Ich werde gleich morgen früh ohne falsche Bescheidenheit auf eine Audienz drängen. Und anschließend empfiehlt sich wohl ein Gipfeltreffen im Salzberg-Hochtal. Ich hinterlasse Ihnen eine Nachricht bei Herrn Lobisser, was den Termin betrifft. Ja, und sollten wir heute wider Erwarten doch noch Aussee erreichen ... die ‚Blaue Traube', Sie wissen. Und ich bedanke mich schon jetzt für diese lange Reise durch die Nacht."

Schiller hatte noch versucht, ihn zu einem gemeinsamen Abendessen zu überreden, doch Käfer wollte seine Ruhe haben. Das bedeutete aber auch, dass er die Rückkehr nach Sarstein hinauszögern musste. Dort saß Maria Schlömmer in der Küche wie eine runde Spinne im Netz. Und wenn er versuchte, ihr zu entkommen, kam er womöglich dem Hubert in die Schusslinie.

Und dann noch ... Den ganzen Tag über hatte Käfer versucht, es zu vermeiden, aber jetzt dachte er doch auch über Sabine nach. War sie wortlos abgereist oder hatte sie womöglich noch rasch mit der Bäuerin ein paar heimtückische Abmachungen getroffen, im Sinne gelebter Frauensolidarität? War sie weggefahren, um nie mehr wiederzukommen? Zugegeben: Er hatte Sabine nicht ohne Absicht gekränkt und wütend gemacht, aber doch nur, um sich ein wenig Freiraum zu verschaffen. Frauen waren offensichtlich nicht dafür geeignet, ehrliche und klare Worte zu verstehen. Oder sie verstanden viel zu deutlich, was eigentlich als pointierte Anmerkung gemeint gewesen war.

Käfer hatte sein Auto vor dem Pfarrhof geparkt. Er ließ es dort stehen, schlenderte zur Kirche hinüber und erreichte den tiefer gelegenen Meranplatz. Gemächlich überquerte er die Grundlseer Traun und sah zu seiner Freude Licht im Gasthaus zum Weißen Rössl. Er trat ein, fand einen leeren Tisch am Fenster und bestellte Bier.

Ein sehr junges Paar saß gleich nebenan beim Abendessen. Die beiden trugen keine Eheringe, gingen aber so vertraut miteinander um, als wären sie seit Jahrzehnten zusammen. Er schob ihr mit pedantischer Fürsorge die besten Stücke auf den Teller, sie wischte mit geübter Zärtlichkeit Brösel aus seinem Mundwinkel, er sprach leise und sonor über seine Sicht der Dinge, sie zupfte Fäden und Haare von seinem Sakko.

Käfer bestellte noch ein Bier. Ein paar Tische weiter saßen vier betrunkene Gäste aus Holland und versuchten Ausseer Volkslieder zu singen. Käfer trank aus, zahlte und ging.

„Du fährst weg? Und wohin?“ Maria Schlömmer räumte das Frühstücksgeschirr ab und schaute auf Käfers Reisetasche.

„Nur für ein paar Tage nach Hallstatt. Ist praktischer so.“

„Die Frau Gamsjäger.“

„Ja, die auch.“

Im Bräugasthof angekommen, fragte er nach, ob ein Herr Schiller angerufen habe. Ja, war die Antwort, schon ziemlich früh am Vormittag. Treffpunkt beim Rudolfsturm, um vier.

Käfer hatte Glück und konnte wieder ins Zimmer acht einziehen.

Er stellte die Reisetasche ab und öffnete die Balkontür. Das Haus lag im Schatten, über den See strich blasses Sonnenlicht. Käfer holte Hans Jörgen Urstögers dicke Hallstatt-Chronik hervor, setzte sich auf den Balkon, las, dachte nach, klappte das Buch zu und vergeudete Zeit. Gegen Mittag ging er hinunter, um zu essen. Auf der Seeterrasse war es für ein, zwei Mittagsstunden noch warm genug.

Der Salzberg, das Hochtal, der Rudolfsturm. Käfer war zu früh hier, doch das störte ihn nicht. Es gelang ihm sogar, nicht an Schiller und seine Umtriebe zu denken. Auch Sabine war sehr weit weg, was wohl auch den äußeren Tatsachen entsprach. Käfer trank Kaffee, wurde trotzdem müde und verlor sich in eine weiche, selbstvergessene Wunschlosigkeit.

Wenig später störte Schillers Stimme die beschauliche Ruhe. „Sie hier, Herr Käfer? Das nenne ich einen hübschen Zufall."

„Nicht wahr? Und wie geht es weiter?"

„Das lassen Sie meine Sache sein, Herr Käfer. Schließlich soll Ihre Verblüffung ja echt und überzeugend wirken."

„Einzusehen. Und worauf warten wir hier?"

„Dass wir in den Berg gebeten werden. Herr Klampfl und Herr Gruber wissen, wo wir zu finden sind. Mehr wissen sie übrigens nicht. Ja, und was meine Person betrifft: Ich habe mich als möglichen Sponsor ins Spiel gebracht. Da, sehen Sie! Man schickt nach uns."

„Glückauf, die Herren!" Hans Gruber, der im Berg zum Alten Grubenoffen vorausgegangen war, machte eine knappe Gebärde. „Sie entschuldigen schon, wenn wir nicht allzu gastfreundlich sind. Die Arbeit drängt und wir alle hoffen ja doch, Ergebnisse zu sehen."

„Ja, natürlich." Schiller trug sein vertrautes Lächelgesicht. „Und Sie meinen, es könnte wirklich interessant für mich sein, zu investieren?"

„Das kann niemand sagen. Es gibt ein paar Hinweise. Es gibt den Plan von Herrn Käfer ..." Gruber unterbrach und wandte sich ab. „Herr Klampfl, Sie haben gerufen? Augenblick, die Herren, ich muss nachschauen. Warten Sie bitte hier. Es ist dunkel und uneben. Sie könnten fallen." Er ging und kam lange nicht wieder. Dann stand er aber doch vor den Besuchern, einen seltsamen Ausdruck im Gesicht, irgendwie feierlich. „Wir haben was. Es ist unglaublich."

„Dumme Frage, ich weiß, aber was ist daran unglaublich?" Käfer starrte auf ein schwarz glänzendes, etwa dreißig Zentimeter dickes Stück Rundholz, das schräg im Gestein lag, und auf ein daran befestigtes, waagrechtes Brett.

Werner Klampfl strich zärtlich über das Holz. „Das ist erst der Anfang."

„Anfang? Wovon?"

„Von einer Stiege. Wir stehen hier vor Stufen, die geradewegs in die Vorvergangenheit führen, in die Tiefe der Zeit, um es poetisch zu sagen."

„Kann diese Stiege nicht auch jüngeren Datums sein?" Käfers Stimme zitterte.

„Das schließt die Fundumgebung nahezu aus. Eine Altersbestimmung wird uns später völlige Sicherheit geben. Unsere Geldmittel erlauben uns aber leider nur noch, einen Teil dieser Stiege freizulegen. Verdammt. Das kann einfach nicht sein. Jetzt müssen wir eine Möglichkeit finden, weiterzumachen. Jetzt brauchen wir wirklich Unterstützung. Sie, Herr Schiller!"

Keine Antwort. Eustach Schiller hatte sich leisen Schrittes entfernt und sein weißer Anzug war nur noch als kleiner, heller Fleck zu erkennen.

Werner Klampfl war sichtlich aufgeregt. „Herr Käfer, was sagen Sie?"

„Nun, was soll ich sagen? Sie haben einen großartigen Fund gemacht. Und mein Grubenplan ist ja doch mehr als ein Schmierzettel. Sollten wir es nicht dabei bewenden lassen? Ich meine, bevor es vielleicht eine teurere Enttäuschung gibt?"

Der Archäologe und die Bergleute starrten Käfer feindselig an. Dann trat Klampfl auf ihn zu. „Nehmen Sie bitte zur Kenntnis, Herr Käfer, dass nicht Sie hier im Berg Entscheidungen treffen."

„Wo er Recht hat, hat er Recht." Ein hochgewachsener Mann war ins Licht getreten. „Es gibt Geld, meine Herren. Und wir machen weiter."

21

Eustach Schiller ging neben Daniel Käfer durch das Hochtal. „Das Florett, das ich so gekonnt und elegant geschwungen habe, mein bedauernswerter Mitverschwörer, hat sich gegen mich gewendet. Das war nicht vorauszusehen. Ich konnte Dr. Androsch dazu bewegen, einzugreifen, persönlich, an Ort und Stelle, um der Sache auch mediales Gewicht zu geben. Er hätte Sie, Herr Käfer, höflich und mit allem Respekt für Ihre berufliche Reputation und Ihre wertvollen Hinweise um Verständnis dafür ersucht, dass von weiteren Grabungen vorerst Abstand genommen werde. Jüngste Erkenntnisse würden Arbeiten von höchster Dringlichkeit in einem anderen Bereich erfordern. So wären Sie schmählich um Ihren Triumph gebracht worden, ein tragischer Held, aber unbeschädigt. Ein paar Wochen später hätte kein Mensch mehr von der Sache geredet. Und dann dieser Fund! Unser Salzbaron schaltet schnell. Sie haben es bemerkt und zu spüren bekommen."

„Danke jedenfalls, Herr Schiller. Und wer weiß, was noch auf uns zukommt? Jetzt ist doch alles möglich, denke ich."

Schiller sagte nichts und ließ die Schultern hängen.

„Daniel, verehrter Kollege, du erinnerst dich doch an mich?"

„Nein, nicht dass ich wüsste." Käfer stand in der Talstation der Seilbahn einem korpulenten Mann etwa seines Alters gegenüber. Er trug Jeans und ein schwarzes Sakko mit Schuppen auf den Schultern, das lange Haar hinter dem Kopf war zu einem kleinen Schwanz gebunden. Käfer dachte nach. „Nein, wirklich nicht, tut mir leid, aber mein Personengedächtnis war noch nie das beste."

„Bei einem Prominenten schadet so etwas nicht, Daniel. Aber unsereiner muss fit bleiben, da oben." Er tippte an seinen Kopf. „Graz, die späten 80er Jahre. Der *Murbote*. Wochenzeitschrift für das moderne Leben."

„Ja, ich erinnere mich. Schrecklich."

„Wem sagst du das? Du hast damals eine gesellschaftskritische Glosse mit dem hinreißend originellen Titel *Mur-Murren* geschrieben und ich war der rasende Reporter. Meine berühmteste Schlagzeile kennst du bestimmt noch. Augenzeuge: Ich sah nichts."

Käfer schlug die flache Hand gegen die Stirn. „Jetzt hab ich's. Georg Schachermayer, auch Schorsch der Schreckliche genannt. Gehen wir was trinken?"

Die beiden saßen auf der Seeterrasse, obwohl es eigentlich schon zu kalt dafür war. Schachermayer schaute sich neugierig um. „Du wohnst hier im Gasthaus, hab ich Recht?"

„Ja, wunderschön übrigens. Was machst du beruflich?"

„Noch immer Reportage. Nur seit ein paar Jahren auf dem Straßenstrich, Daniel. Frei und für Geld für jedermann und jederfrau zu haben."

„Zynisch geworden?"

„Zynisch geblieben. Was dagegen, wenn ich zwischendurch fotografiere?"

„Hol dir doch was aus dem Internet."

„Es muss aktuell sein. Du und Hallstatt. In Bad Aussee war ich gestern. Hast du was mit der Frau Schlömmer?"

„Nein."

„Solltest du aber. Bei der Frau Gamsjäger war ich heute. Und ein paar Tage vorher in Tobelbad, bei ihrem Sohn."

„Was sagst du da?"

„Denkst du, ich habe meinen Beruf verlernt? Jetzt einmal ehrlich: Du bringst den Gerd Gamsjäger fast unter die Erde. Aber dann schenkt dir seine Mutter zum Dank einen geheimen Grubenplan und alle zwei reden sie über dich, als wärest du der netteste Mensch. Sehr teuer gewesen, das alles?"

„Es geht nicht immer um Geld. Hast du aber noch nie begriffen."

„Das Leben hat nichts dazu beigetragen, mich in dieser Hinsicht zu läutern. Du schweigst also. Dein gutes Recht. Was war denn oben im Hochtal los? Mit deiner Presse-Aussendung hast du dich ja verdammt weit aus dem Fenster gelehnt."

„Nicht ich."

„Auch dieser Marc Moser, ich weiß. Aber sogar wenn ich seine Brachial-Rhetorik abziehe, bleibt genug übrig. Also was ist?"

„Das wird sowieso bald bekannt sein. Eine Stiege ist gefunden worden, prähistorisch allem Anschein nach."

„Bingo! Und die Suche geht demnach weiter! Wer hat diesen Grubenplan?"

„Der Archäologe."

„Gut. Werner Klampfl also. Warum ist die Sabine nicht bei dir?"

„Sie hat ihren Beruf."

„Aber wenn's für dich eng geworden ist, war sie doch immer zur Stelle. Weiß jeder in der Branche."

„Daraus darfst du schließen, lieber Georg, dass es eben nicht eng für mich geworden ist."

„Gar nicht nervös? Was ist, wenn die überhaupt nichts mehr finden oder eine flachgedrückte Cola-Dose? Red Bull wär' allerdings noch schlimmer."

„Ja, wenn ... eigentlich wollte ich mich heute mit diesem Fundstück zufriedengeben. Ist ja ziemlich spektakulär. Aber die Forscher haben Blut geleckt, wenn dieses Bild gestattet ist."

„Ich bin da nicht so heikel. Und was die Verantwortung angeht, solltest du dich nicht irren, naiver Schöngeist. Ob Winner oder Loser– er heißt für uns auf jeden Fall Daniel Käfer. Die Leute brauchen einen Namen und ein Gesicht. So verkauft man News."

„Hatte ich schon fast vergessen. Scheißberuf, nicht wahr?"

„Du sagst es. Kann ich in deinem Zimmer fotografieren? Atmosphäre, verstehst du? Dicke Sachbücher, Notizzettel, sinnender Blick über den See. Foto von der Sabine auf dem Nachtkastl oder auch von der Frau Gamsjäger."

„Nein."

„Dann wird mich eben der Herr Lobisser hineinlassen. Gegen eine kleine Aufwandsentschädigung."

„Den Teufel wird er. Die Spesen kannst du dir sparen."

„Na gut. Ich muss ohnedies ins Hochtal. Fotos von dieser Stiege, mit den Leuten reden. Noch was, Daniel. Du hast schon Recht: Geld ist nicht alles. Wenn du also eine Information für mich hast, exklusiv, versteht sich, bin ich dazu bereit, etwas zu vergessen, von dem ich deiner Meinung nach nichts wissen sollte."

„Dein Edelsinn haut mich fast um."

„So bin ich eben. Und tschüss."

„Was war denn das für einer, Herr Käfer?" Arnold Lobisser war neben den Tisch getreten.

„Ein ehemaliger Kollege von mir. Reporter. Eine blutgierige Meute, mein Lieber. Aber man kann es ihnen kaum übel nehmen. Die machen den härtesten Job."

„Dann kommt ja noch einiges auf Sie zu in den nächsten Tagen, hm?"

„Steht zu befürchten. Der Marc Moser möge in der tiefsten Hölle schmoren und zu jeder vollen Stunde mit glühenden Zangen gezwickt werden."

„Kommen Sie mit in die Werkstatt, Herr Käfer. Da sind Sie wenigstens fürs Erste ungestört."

„Herr Lobisser, wie ich vermute! Ich habe mir erlaubt, schnell noch Ihre Instrumente zu fotografieren und das kreative Chaos hier. Sie haben doch nichts dagegen, oder?" Georg Schachermayer grinste zufrieden.

„Doch. Ich habe etwas dagegen." Lobisser, nicht eben schmächtig, ging auf ihn zu, nahm ihn am rechten Ohr und zog den Mann in einen zweiten, ziemlich dunklen Raum. Er ließ den Reporter los. Dann schob er ein schweres Holzgestell ins Licht. „Sie wissen, was das ist, Herr ...?"

„Schachermayer, Georg Schachermayer. Ein ... ein mittelalterlicher Pranger?"

„Richtig. Zwei Löcher für die Arme, ein Loch für den Hals, ziemlich genau Ihre Kragenweite, wie ich sehe. Habe ich einmal originalgetreu nachgebaut. Man weiß ja nie, wozu so etwas irgendwann gut sein kann. Wenn ich Sie noch ein einziges Mal in meinem Haus erwische, Herr Reporter, werden Sie in den Pranger gesperrt und bleiben dort, bis alles vorbei ist."

„Freiheitsberaubung!"

„Ach wo. Notwehr."

Schachermayer war gegangen. Daniel Käfer saß mit Arnold Lobisser unter dem Dach und trank Kaffee. Nervös streichelte er den dicken Kater, der auf seinen Knien lag.

„Warten war noch nie meine Stärke."

„Wie lange noch, Herr Käfer?"

„Wenige Tage, dann sind Sie im Berg genau dort, wo das Kreuz eingezeichnet ist."

„Also, das mit der Stiege ist schon eine aufregende Sache. Morgen ist vermutlich schon mehr davon zu sehen. Werden Sie Nachschau halten?“

„Ja. Gegen Mittag bin ich angemeldet.“

„Dann komme ich mit, wenn’s recht ist. Wäre doch keine schlechte Idee, den Fund in der Holzfachschule sauber rekonstruieren zu lassen.“

„Für mich ist das alles eigentlich unvorstellbar, Herr Lobisser. Ein urgeschichtliches Bergwerk hundert Meter unter der Oberfläche. Das sind verkehrte Hochhaus-Dimensionen. Wie sind die Leute da hinuntergekommen mit ihrem Werkzeug? Und wie hat man das Salz hinausgeschafft? Und wenn es wirklich Förderschächte gegeben hat, wie mir erzählt worden ist – warum wird jetzt da unten eine Stiege gefunden?“

„Vielleicht waren doch auch schräge Zugänge vorhanden, Herr Käfer. Wenn die Oberfläche ein steiler Berghang ist, kann so etwas der kürzere Weg sein.“

„Prähistorische Transportlogistik. Mein Respekt vor unseren angeblich primitiven Vorfahren steigt ins Unermessliche.“

„Meiner war schon immer recht groß. Man muss sich nur die Handwerkstechniken anschauen. Bei den Zimmerleuten, den Tischlern und den Schmieden hat sich nicht wirklich viel geändert. Aber auch durchaus komplizierte, kunstvolle Juwelierarbeiten waren damals schon geläufig, die Tauschiertechnik zum Beispiel. Das Ornament mit dem Grabstichel ins Eisen eingraviert – und dann Gold in die Nut gehämmert. Und wenn wir einen anderen Aspekt des Lebens nehmen: arbeitsteilige Verfahren, Rationalisierung, Gewinnsucht, Leistungsdruck, internationaler Wettbewerb, Hochkonjunktur ... alles schon da gewesen in Hallstatt.“

„Ausgenommen lästige Reporter."

„Wer weiß?" Lobisser neigte den Kopf. „Ich höre Schritte. Wir bekommen Besuch."

„Darf ich?" Anna schaute zur Tür herein.

„Du darfst nicht, Anna, du musst. Es sei denn, mein lieber Gast stört dich."

„Der? Selten."

Anna setzte sich neben Käfer und nahm ihm den Kater weg. „Ich weiß besser, wo er es gern hat und wie."

Käfer enthielt sich jeglicher Bemerkung.

Vor den Fenstern war es dunkel geworden. Der große, sanft erhellte Raum unter dem Dach löste sich aus der Schwere des alten Hauses, trieb in den Abend und nahm Kurs auf die Nacht.

„Es ist eigenartig", sagte Lobisser in die Stille hinein. „Ich frage mich, woher dieser Ort seine Grundstimmung hat – ruhige Beständigkeit. Die kaum vorstellbare, vom Salz bestimmte Spanne Zeit spielt schon eine Rolle. Aber es war doch auch immer ein Leben dicht am Abgrund: Zerstörung durch Feuer, Wasser, Stürme, Erdrutsche und Lawinen auf der einen Seite, Elend und Hunger auf der anderen. Eigentlich leben die Menschen hier von einer Katastrophe zur nächsten. Und erst vor wenigen Jahrzehnten hat man uns auch noch die Saline zugesperrt. Hallstatt blutet aus. Aber das ist nicht wirklich neu. Es bringt wenig, sich darüber aufzuregen. Und es lässt sich ja auch was unternehmen gegen graue Resignation: Brauchtum, Volksmusik, Schützenvereine, Wilderer ... das bringt schon Farbe und Spannung ins Leben. Und dann unsere Vogelfänger. Kreuzschnäbel als Stereoanlage für den Winter."

Käfer blickte überrascht auf. „Vogelfänger? Heute noch? Und was sagen die Tierschützer?"

„Die sagen viel. Und einer vom Vogelfang-Verein hat geantwortet, dass er seine Kreuzschnäbel besser behandelt als seine Frau."

Anna hörte kurz auf zu streicheln und zu kraulen. „Das kann man so oder so verstehen."

Lobisser lächelte. „Im Frühjahr werden die Singvögel dann freigelassen. Die Frauen natürlich nicht. Was führt dich übrigens zu mir, Anna? Oder hast du nur Kaffee trinken wollen?"

„Ich hab den 2 CV auf dem Parkplatz bei der Holzfachschule gesehen und mir gedacht, dass der Daniel auch nicht weit sein wird."

Käfer trank den Rest Kaffee aus. „Und du hast wirklich nach mir gesucht? Das ehrt einen alten Knaben."

„Je nachdem. Die Sabine hat mich angerufen."

„Was du nicht sagst! Was ist mit ihr?"

„Nichts Besonderes. Es geht ihr gut. Sie fotografiert in München. Werbung für Feinkost Käfer. Ersatzhandlung oder so."

„Und noch was? Habt ihr auch über mich gesprochen?"

„Schon, auch."

„Und?"

„Eigentlich wollt' sie nur wissen, wie's dir so geht, unterwegs zum Teufel. Oder ob du gar schon dort bist."

22

„Wir sind ein gutes Stück weiter, meine Herren, aber noch lange nicht fertig." Werner Klampfl folgte mit dem Lichtstrahl den Umrissen des Fundstücks. „Die Stiege ist einen Meter sechzig breit. Die Wangen, die Seitenteile also, bestehen aus dreißig Zentimeter dicken

Rundlingen, die mit einem Schlitz versehen sind. Darin sind die Stufenbretter mit Zapfen befestigt, und zwar so, dass der Neigungswinkel verstellt werden kann. Das ist also nicht irgendeine Steighilfe, sondern eine ausgeklügelte Konstruktion, die sich je nach Bedarf einsetzen lässt."

„Erstaunlich." Lobisser war näher getreten. „Eine Sensation, nicht mehr und nicht weniger."

„So muss man das wohl sehen. Wir werden jetzt übrigens nicht weiter an der Freilegung der Stiege arbeiten, sondern uns gezielt dem Punkt im Grubenplan Herrn Käfers nähern. In ein, zwei Tagen sollten wir mehr wissen, viel mehr, hoffentlich."

Käfer räusperte sich. „Ihre Entscheidung. Darf ich trotzdem etwas einwenden, damit auch weiterhin Offenheit zwischen uns herrscht?"

„Ja gerne!"

„Einmal von anderen Leuten abgesehen, die nicht so entscheidend sind – Frau Gamsjäger hat mir vor ein paar Tagen fast schon flehentlich davon abgeraten, die Suche fortzusetzen. Gleichzeitig hält sie daran fest, dass wir fündig werden. Und dieser Eustach Schiller ist auch mehr als skeptisch, aber ohne Gründe dafür zu nennen."

„Ich will Sie nicht beleidigen oder gering schätzen, Herr Käfer. Aber Ihre Schatzkarte ist längst unwichtig geworden – für die Arbeit des Archäologen, meine ich. Wie schon gesagt: Es gibt sehr viele Orte im Berg, die für uns hochinteressant sind. Aber mit dieser Grabung hier verbinden sich zusätzliche Geldmittel und ein prominenter Name, Ihr Name. Die Mediengesellschaft funktioniert auch unter Tag."

Vor dem Portal des Christina-Stollens blieb Käfer stehen und blinzelte ins helle Tageslicht. „Hübscher neuer Beruf, Herr Lobisser: nützlicher Idiot im Dienste der Forschung. Wie bin ich nur in diese Geschichte hineingeraten?“

„Nicht ganz unfreiwillig, denk ich mir.“

„Natürlich nicht. Und auf den Übereifer vom Marc Moser kann ich mich auch nicht ausreden. Die Sabine hat schon Recht. Damit war zu rechnen. Aber ich bin hier so weit weg von meinem ehemaligen Beruf, in einer anderen Welt, sozusagen.“

„Auf einer Insel der Seligen, wie? Hat der Kaiser Franz Joseph auch immer geglaubt. Und dann hat er mit seiner Unterschrift in Ischl den Ersten Weltkrieg ausgelöst.“

„Nur gut, dass ich kein Kaiser bin. Das hält die Auswirkungen meiner Naivität in Grenzen.“

„Hoffentlich. Hören Sie die Kirchenglocken vom Seeufer unten? Zeit, dass wir uns auf den Weg machen. Meine Frau wartet nicht gern mit dem Essen. Haben Sie sich übrigens die Stiege im Berg genauer angeschaut?“

„Und ob. Fast wie neu, unglaublich.“

„Salz konserviert. Das Holz dürfte immer noch einigermaßen belastbar sein. Nadelholz, nehme ich an. Das war im Berg schon immer die erste Wahl.“

„Warum?“

„Dafür gibt es viele Gründe, Festigkeit, Haltbarkeit, Verarbeitung. Doch einen davon kennen die wenigsten: Dieses Holz knistert auf eine unverkennbare Weise, bevor es bricht. So können die Bergleute einen Stollen rechtzeitig verlassen, wenn die Pölzung nachgibt.“

„Dann kann ich nur hoffen, dass nichts knistert in nächster Zeit. Sagen Sie einmal, was ist denn das da vorne rechts für ein melancholisches Gewächs?“

„Den Baum dort mit den hängenden Ästen meinen Sie? Das ist eine Haselfichte. Manche leiten sie von der

Urfichte her. Ich meine schon eher, dass sie sich durch die Wachstumsverhältnisse am Berg so entwickelt hat – es gibt sie ja nur ab einer gewissen Höhe. Der Schneedruck hier oben biegt die Äste nach unten und umgekehrt halten die hängenden Äste dem Schneedruck besser stand. So kommt es, dass ein Vierzig-Meter-Baumriese kaum drei Meter Durchmesser hat – eine grüne Säule.

So, Herr Käfer. Da ist auch schon die Bergstation. Darf ich Sie zum Mittagessen einladen? Meine Frau weiß zwar noch nicht, dass sie sich darüber freut, aber es wird schon so sein."

Am frühen Nachmittag machte sich Käfer mit leisem Unbehagen auf den Weg zu Gerhild Gamsjägers Haus. Es war höchste Zeit, ihr vom Fund im Alten Grubenoffen zu berichten, und vielleicht sah sie dann auch den Fortgang der Suche mit anderen Augen.

Die Haustür war versperrt. Käfer klopfte, klopfte lauter, spähte durchs Fenster, nichts. Eine böse Erinnerung stieg in ihm hoch.

„Sie ist weg, gestern, am späten Nachmittag."

Käfer erschrak, drehte sich um und sah in der offenen Tür des Nachbarhauses die ihm schon bekannte junge Frau. „Wissen Sie Näheres, Frau ..."

„Nein."

„War was mit ihr? Wie hat sie denn dreingeschaut?"

„Wie immer."

„Und sonst?"

„Einen kleinen Koffer hat sie in der Hand getragen."

„Also verreist? Gibt's Verwandtschaft?"

„Glaub ich nicht."

„Vielleicht ist sie zum Gerd gefahren, nach Tobelbad?"

„Fragen S' halt nach."

Die Tür wurde geschlossen.

Wieder auf dem Oberen Weg, sah Käfer Georg Schachermayer, der offensichtlich auf ihn gewartet hatte. „Vergeblich geklopft, was, Daniel? Die ist weg. Ich war vorhin schon da."

„Sag, kannst du nicht wenigstens die Frau Gamsjäger in Ruhe lassen?"

„Es gehört nicht zu meinem beruflichen Selbstverständnis, irgendjemanden in Ruhe zu lassen."

„Widerlich."

„Oft genug, du sagst es. Nach Tobelbad ist sie übrigens nicht gefahren. Ich hab schon angerufen."

„Sonstige Neuigkeiten?"

„Angeblich soll es übermorgen so weit sein im Berg. Sie wollen das ganz groß inszenieren."

„Mir bleibt nichts erspart."

„Deine Zitate waren auch schon origineller, Daniel. Ja, und noch was. Du hast einen neuen Mitbewohner im Bräugasthof."

„Jetzt sag nur noch, der Lobisser hat ausgerechnet dir ein Zimmer gegeben."

„Hat er nicht. So was von öffentlichkeitsscheu, dieser Mensch. Aber dein Freund, Mentor und Auftraggeber ist eingezogen."

„Bernd Rösler ... Nein!"

„Wenn ich's doch sage."

Einen Augenblick dachte Käfer daran, wieder in Aussee bei Maria Schlömmer zu wohnen. Hier in Hallstatt fühlte er sich mehr und mehr umzingelt. Dann schalt er sich einen Feigling und beschloss die nächsten paar Tage erhobenen Hauptes durchzustehen, schon einmal Frau Gamsjäger zuliebe.

Er ging die Stufen zum See hinunter und weiter zum Postamt. Er wollte versuchen, Gerd Gamsjäger zu erreichen.

Wie schon einmal hatte er Glück und hörte nach einigen Minuten dessen Stimme.

„Daniel, du schon wieder? Ein Herr Schachermayer hat übrigens angerufen, angeblich ein Freund von dir."

„Von Freund kann keine Rede sein. Ein Kollege von früher."

„Erleichtert mich enorm. So was von penetrant. Aber ich habe ihn freundlich gegen die Mauer rennen lassen und meine Mutter wird das auch getan haben, nur weniger freundlich."

„Das bringt mich gleich aufs Thema, Gerd. Deine Mutter ist weg, abgereist, offenbar."

„Vielleicht ist ihr der Wirbel zu viel geworden. Für spontane Aktionen war sie schon immer zu haben und das Geld ist jetzt ja nicht mehr so knapp."

„Ja, gottlob. Du, Gerd, bei meinem letzten Besuch wollte sie mich unbedingt davon abhalten, diese Sache mit dem Grubenplan weiterzuverfolgen."

„Dann weiß sie was, was du nicht weißt."

„Und warum sagt sie es mir nicht?"

„Aus Eigensinn, könnt' ich mir denken. Die Frau Mutter kann ziemlich kompliziert sein. So eine Kombination aus Geierwally, Maria Stuart und Gretchen – allerdings nach dem faustischen Sündenfall."

„Klingt nicht gerade beruhigend. Aber du meinst, ich muss mir keine Sorgen machen, weil sie weg ist?"

„Warum denn? Einen Grund zur Verzweiflung gibt's ja nicht mehr. Und wenn etwas Schwerwiegendes passiert wäre, wüsste ich davon. Nein, Daniel, sie wird was zu erledigen haben. Aber vor dem Ergebnis dieser Erledigung darf man sich vermutlich ein wenig fürchten. Und jetzt ist Schluss. Eine Schwester eilt herbei."

„Die semmelblonde?"

„Nein. Nussbraun. Heißt Eva und wird bald einmal einen Apfel mit mir essen."

Wohin jetzt? Im Bräugasthof lauerte Rösler, Georg Schachermayer lauerte überall. Auf heimlichen Pfaden näherte sich Käfer seiner Ente.

Nach kurzem Überlegen nahm er den Weg durch den Umfahrungstunnel, dann das Seeufer entlang, um endlich der Traun nach Ischl zu folgen.

Von hier aus gesehen lag Hallstatt hinter dem Mond. Hell war es und sonnig, fast noch sommerlich warm. Schon lange nicht mehr beim Zauner auf der Esplanade gewesen ... Käfer nahm an einem der kleinen weißen Kaffeehaustische Platz, aß Himbeereis, trank süße grüne Limonade, beobachtete Spatzen und Kurgäste, war unter Fremden kein Fremder, schaute über die munter murmelnde Traun zur Lehár-Villa hinüber und fühlte sich kaiserlich wohl.

Dann ließ er sich vom Hauch der Muße durch den Kurpark wehen, vorbei am herbstlich verstummten Musikpavillon, erreichte die Pfarrgasse und betrachtete mit der noblen Trägheit des Flaneurs Schaufenster um Schaufenster. Doch halt, was war das? Käfer starrte auf kunstvoll gestaltete Teller, Schüsseln, Vasen und Figuren und las *Hallstatt-Keramik*. Hallstatt, verdammt! Gesenkten Hauptes vernahm er den Ruf der Pflicht.

„Mein lieber Daniel! Zu mir, du bist mein Gast!"

Rösler hatte ihn schon erwartet. Der Tisch im Bräugasthof war für zwei gedeckt.

„Danke, Bernd. Was führt dich nach Hallstatt?"

„Eine wohl nur rhetorische Frage, nicht wahr? Der kurz bevorstehende Triumph meines bedeutendsten Autors und Publizisten natürlich. Und die Hoffnung, dass ein wenig von deiner Glorie auch mich und mein Haus bestrahlt. Es wird doch so sein, oder?"

Käfer antwortete nicht und griff nach der Speisekarte.

„Entschuldige!" Rösler folgte Käfers Beispiel. „Ich verbreite hier Überschwänglichkeiten und lasse dich bei dieser Gelegenheit verhungern. Also hilf mir, Daniel. Was ist das, eine Reinanke?"

„Ein Pudding."

„Du scherzt. Und hier steht's ja nachzulesen: Aus den kühlen Fluten des Hallstätter Sees. Täglich frisch. Die nehm ich, und zwar mit brauner Butter. Und du?"

„Das Rehragout."

„Gute Wahl und der Jahreszeit gemäß. Wie ist der Wein hier?"

„Keine Ahnung. Ich hab bis jetzt nur Bier getrunken."

Während des Essens schwiegen die beiden. Käfer schwieg missmutig, Rösler schwieg behaglich. Dann hob er sein Glas. „Gar nicht übel, der Rote. Also, um es noch einmal zu sagen, diesmal ohne poetische Übertreibung: Wenn diesem ohnedies schon recht vielversprechenden Fund, die Stiege, mein ich, eine hübsche kleine Sensation folgt, bist du ein gemachter Mann und unser Buchprojekt beginnt mit einem medialen Paukenschlag, der sich gewaschen hat."

„Paukenschläge waschen sich nicht, Bernd. Und ich habe leider guten Grund anzunehmen, dass ein Haken an der Sache sein könnte."

„Was du nicht sagst! Und du verpfändest dich dennoch mit Haut und Haaren diesem Unterfangen?"

„Der Inhalt der Presse-Aussendung war nicht von mir."

„Was höre ich da, Daniel! Du lässt dir was unterschieben?"

„Ist passiert. Und nicht nur du wirfst es mir vor, zu Recht natürlich."

„Aber von Vorwurf kann doch keine Rede sein. Ich war nur verwundert. Ein Profi wie du ..."

„Ich wäre nicht der erste Profi, der sich im Ausseerland um den Finger wickeln lässt."

„Wem sagst du das! Aber jetzt einmal ehrlich. Wie sicher bist du deiner Sache? Und worin siehst du das Problem?"

„Zwei klare Fragen und nicht eine klare Antwort, Bernd. Übermorgen sind wir klüger."

„Du schließt also nicht gänzlich aus, dass wir dann wie die sprichwörtlich begossenen Pudel dastehen könnten?"

„Du musst ja nicht dastehen. Ich muss schon."

„Solidarität ist mir wichtig, Daniel, in deinem Fall besonders. Du kannst auf mich zählen. So oder so."

„Sehr anständig von dir. Wird mir helfen. Ein alter Kollege von mir ist übrigens in Hallstatt, Reporter, damals wie heute, und er hat die Dinge ebenso gnadenlos wie dummdeutsch auf den Punkt gebracht. Winner oder Loser – sein Name ist Daniel Käfer."

Rösler schwenkte den Rest Wein in seinem Glas. „Eine Kleinigkeit noch, Daniel, der Vollständigkeit halber."

„Und zwar?"

„Ich stehe zu dir. Aber ich bin nicht der Konzern."

23

Als Käfer in der frühen Morgendämmerung aufwachte, hatte er den Nachgeschmack von Rotwein im trockenen Mund. Er stand auf, trank Wasser, ging auf den Balkon hinaus und schaute auf den See hinunter, der grau und unbewegt dalag.

Käfer dachte an Sabine. Sehnsucht und Trotz stritten miteinander und am Ende gab es zwei Verlierer.

Käfer dachte an Frau Gamsjäger. Offenbar wusste sie, was zu geschehen hatte, ganz im Gegensatz zu ihm.

Er bemerkte, dass es sehr kühl und er fast nackt war, und flüchtete zurück ins Bett.

Weiche, warme Höhle ... als Kind hatte er es sich besonders wohnlich eingerichtet in ihr. Sogar eine eigene Radiostation gab es, den Bettfunk. Was er wohl heute senden würde? „Mit dem Gongschlag ist es sechs Uhr. Die Nachrichten." Gong. „Hallstatt. Der bekannte Publizist Daniel Käfer, um den es in letzter Zeit still geworden war, wandelt neuerdings unbeirrt auf prähistorischen Spuren. Obwohl seine Hinweise und Belege von der Fachwelt mit Skepsis gesehen wurden, gab ihm dieser Tage ein Aufsehen erregender Fund Recht. Bald wird sich weisen, ob Käfer als archäologische Lichtgestalt oder als Grottendolm im Gedächtnis bleiben wird. Und nun das Wetter ..."

„Morgenstund hat Salz im Mund. Gar nicht schlecht für meine Verhältnisse, was?" Georg Schachermayer hatte Käfer auf dem Weg zur Salinenverwaltung gestellt. „Hat dir Bernd Rösler gestern Abend die Leviten gelesen?"

„Er hat eine Reinanke mit brauner Butter gegessen und Rotwein dazu getrunken."

„Wie unpassend. Wird er dabei sein, im entscheidenden Moment?"

„Er sagt, ja."

„Wird ganz schön eng werden, im Berg da unten. Eigentlich in jeder Hinsicht. Was Neues von der Frau Gamsjäger?"

„Nein."

„Und dieser Werner Klampfl wird von Stunde zu Stunde schweigsamer. Oder weißt du mehr?“

„Nein.“

„Richtig schwatzhaft, der Daniel. Ich wohne übrigens im Seewirt, beim Zauner. Nur für den Fall, dass du mich suchen solltest. Tadellose Grillküche übrigens. Und noch was. Marc Moser macht die Pressearbeit für einen tollen Event morgen.“

„Nein!“

„Wenn ich's doch sage. Wohin so eilig, Daniel?“

„In die Salinenverwaltung. Denen erzähl ich was.“

„Herzlich willkommen bei uns, Herr Käfer. Kaffee?“ Hans Gruber schob Papiere zur Seite. „Ich bin allein hier, alle anderen sind im Berg. Was führt Sie zu mir?“

„Ich habe diesem Marc Moser doch ausdrücklich untersagt, noch irgendetwas in dieser Sache zu unternehmen.“

„Ach so. Darum geht's. Sie haben schon Recht. Aber diesmal wird er in unserem Auftrag tätig.“

„Und darüber ist einfach entschieden worden, ohne mich zu fragen oder auch nur zu informieren.“

„So ist es. Wir sind ja auch der Kostenträger.“

„Und ich habe gedacht, es gebe so etwas wie aufrichtige Zusammenarbeit.“

„Die gibt es auch. Aber dieses Ereignis morgen ... sechzehn Uhr übrigens, wissen Sie schon?“

„Natürlich nicht.“

„Tut mir leid. Aber Sie hätten den Termin bestimmt noch rechtzeitig erfahren. Dieses Ereignis also geht weit über meine Arbeit und auch die der Archäologen hinaus. Das muss ein Profi in die Hand nehmen. Und was der Marc anpackt, funktioniert.“

„Um jeden Preis, ja.“

„Ich habe schon gehört, dass Sie nicht ganz glücklich mit ihm waren, Herr Käfer. Ja denken Sie denn, dass ich diesem Spektakel im Berg viel abgewinnen kann? Aber es geht um unsere Zukunft und um die der ganzen Region. Da darf man nicht kleinlich sein."

„Geschmackssache. Na gut. Wie geht es denn im Berg weiter?"

„Sehr vielversprechend."

„Was bedeutet das konkret?"

„Betriebsgeheimnis. Auch Ihnen gegenüber, Herr Käfer. Und Werner Klampfl will nicht, dass Sie in den Berg fahren. Jetzt geht es um archäologische Präzisionsarbeit, sagt er. Ihr großer Auftritt kommt dann schon noch."

„Auf den verzichte ich gerne."

„Wird nicht möglich sein. Und noch was, Herr Käfer. Als Bergleute haben wir es jeden Tag mit Vorgängen und Kräften von kaum vorstellbaren Dimensionen zu tun. Wir können nur mit ihnen leben und arbeiten und nicht gegen sie."

„Und was lerne ich daraus?"

„Reden Sie mit dem Marc, bringen Sie Ihre Vorstellungen ein, machen Sie ihn zum Verbündeten."

Im Vorraum wartete Georg Schachermayer. „Man serviert dich kalt ab, um dich dann wirkungsvoll zu verheizen. Ich habe mitgehört."

„Ein Wunder an Diskretion."

„Wirf mir nicht dauernd meinen Beruf vor. Vielleicht kann ich was tun für dich? Ich meine, die Geschichte funktioniert auch umgekehrt."

„Wie? Was?"

„Na, du als Opfer. Vom Marc Moser beinhart an die mediale Front geprügelt, von den Archäologen als nützlicher Idiot missbraucht, von den Salinen zur Cashcow erniedrigt. Nachher, im Erfolgsfall, machen alle andern mit deinem Namen Geschäfte. Und wenn's danebengeht: du als Sündenbock und auch noch als Opfer der dämonischen Betrügerin Gamsjäger."

„Du wirst lachen, aber wenigstens andeutungsweise hab ich das auch schon so gesehen."

„Ich lache nicht. Soll ich es in dieser Art anlegen? Vielleicht sogar mit Spendenaufruf?"

„Nein, Georg, bitte nicht. Für ein Opfer bin ich zu erfahren und zu wenig blöd. Mach's gut. Ich fahr jetzt nach Aussee. Allein."

„Ja, ja. Zur Frau Schlömmer."

„Nein. Zum Herrn Moser."

Vorerst ging Käfer in Hallstatt aufs Postamt, um zu telefonieren. Marc Moser schien sich ehrlich zu freuen. Vierzehn Uhr also, im Büro des Stadtmarketings. Käfer wollte schon sein Notizbuch zuklappen, als er Sabines Handy-Nummer sah. Ohne viel darüber nachzudenken, wählte er. Keine Sabine, Mailbox. „Du ... Sabine, Daniel hier. Ich wollte eigentlich nur, es ist mir ein Anliegen, ach weißt du, na ja. Scheiße!" Käfer legte auf und wischte rasch das verlegene Grinsen aus dem Gesicht, als er sich beobachtet sah. Anna ging mit einem dicken Briefstapel zum Schalter.

„Was ist denn das, Mädchen?"

„Fanpost."

„Lüg nicht so frech."

„In der Schule bin ich so nebenbei auch Bürohilfskraft. Praktischer Ort übrigens, dieses Hallstatt, nicht wahr? Keiner braucht den anderen zu suchen, weil man sich sowieso andauernd trifft."

„Kann auch zu viel werden."

„Wie du meinst." Anna drehte ihm den Rücken zu und ging.

Vierzehn Uhr also, da blieb viel Zeit, zu viel für einen unruhigen Menschen mit ungewisser Zukunft. Hier in Hallstatt stand er zwar irgendwie im Mittelpunkt, doch konnte derzeit offenbar niemand etwas mit ihm anfangen. Käfer stieg die Stufen zu Frau Gamsjägers Haus hinauf, klopfte auch diesmal vergebens und machte sich auf den Weg zu seinem Auto. Er fuhr los und nahm diesmal die Straße über den Pötschenpass. Bei der ersten Kehre hielt er an und schaute auf den Hallstätter See hinunter, der sich fast wie ein Fjord als helles Band zwischen die Berge zwängte. Hallstatt war nicht zu sehen. Mit sanfteren Ufern und Wiesenhängen nach dem Ort Steeg zu wirkte der See hier weniger ernst. Käfer fuhr weiter.

In Aussee angekommen, kaufte er eine Handvoll Zeitschriften und suchte einen ruhigen Tisch im Inneren der Kurhauskonditorei. Außer ihm genossen alle Gäste draußen im Kastaniengarten die Sonne. Aber Käfer wollte nicht angeredet werden. Lustlos und umständlich begann er Seite für Seite und Wort für Wort die Zeit totzuschlagen. Aber die Zeit weigerte sich dahinzuschwinden, sie dehnte und streckte sich hämisch. Käfer las und las, ohne sich wirklich dafür zu interessieren, was da geschrieben stand. Zwischendurch dachte er nach, schaute ins Nichts oder beobachtete, doch wieder recht animiert, eine der hübschen Serviererinnen. Aber dann, endlich: Zahlen. Aufstehen. Gehen.

Marc Moser schnellte hinter einem sehr großen Schreibtisch hoch, als er seinen Gast erblickte. Vibrierend vor Tatkraft reckte er ihm den Oberkörper entgegen. Käfer wagte jede Wette: Hätten Mosers Hände nicht an der Tischkante Halt gefunden, er würde abheben wie ein Schiflieger.

„Ein guter Nachmittag beginnt mit einer ausgeglichenen Rechnung, Daniel! Ich war vielleicht etwas voreilig in der Vergangenheit. Jetzt mache ich alles wieder gut. Doppelt. Dreifach. Vierfach. Fernsehen ist gebongt. Österreich und Deutschland."

„Das kann ja heiter werden."

„Morgen ist der Tag des Daniel Käfer! Hundertprozentig, zweihundertprozentig ..."

„Wie wär's mit dreihundert, Marc?"

„Ist dir alles zu dick aufgetragen, weiß ich. Aber nachher wirst du mich lieben. Und jetzt komm einmal mit mir zum Flip-Chart." Moser nahm einen dicken Filzstift zur Hand. „Also, der Approach beginnt morgen früh."

„Soll heißen?"

„Wir nähern uns mit zunehmender Intensität dem Höhepunkt. SMS, Anruf und Fax an alle Journalisten und Promis der Einladungsliste: Grüße aus der Vorzeit! Zwotausenddreihundertvierundsiebzig Hochkaräter, mein Lieber! Inklusive Sabine Kremser, die Familien Schlömmer, Lobisser und Gamsjäger."

„Auch Fachpresse, Wissenschaftsmagazine?"

„Aber ja. Bringt zwar nichts, alles Nischenprodukte. Macht sich aber gut. Weiter im Text. Es folgt die Penetrierung des verbalen Leitmotivs: Reise in die Tiefe der Zeit. Was sagst du zum Wording, Daniel?"

„Der Satz ist gar nicht so schlecht."

Moser tippte gegen seinen Kopf. „Nicht unterschätzen, nicht unterschätzen!" Er malte einen Punkt, auf den aus allen Richtungen Pfeile zielten. „Die Anreise wird natürlich zum Erlebnis. Prähistorische Pappendeckelbergleute an wichtigen Kreuzungen und natürlich in den Bahnhöfen. Prähistorische Hostessen an den reservierten Parkplätzen. Wir haben so eine Art Vorzeitdirndl entwickelt, ordentlich viel Busen natürlich.“ Moser schlug ein frisches Blatt auf. „Ab Mittag Intensivbetreuung nach Maß. Die Mega-ultra-Salzfürstenplatte vom Zauner, fast so groß wie der ganze Marktplatz. Wird nicht zum Derscheißen sein, frei nach Tante Jolesch. Bier und Met. Dralle Dirnen.“

„Wie steht's mit Presseinformationen?“

„Werden nachgereicht, wenn die Herrschaften wieder nüchtern sind. Und in ganz Hallstatt schaurig schöne Beschallung: die Reise in die Tiefe der Zeit.“ Moser zeichnete einen Trichter. „Ab vierzehn Uhr müssen wir den Gästestrom lenken, verdichten und selektieren. Das Herausklauben der VIPs übernehme ich, kann sonst keiner. Und dann wird eben gnadenlos gereiht: Reichweite, Prominenz, politischer oder wirtschaftlicher Einfluss. In den Berg können ja nur wenige.“

„Und die anderen?“

„Werden von prähistorischen Knappen bis zum Portal vom Christina-Stollen geleitet. Großbildprojektion mit Direktübertragung vom Schauplatz. Im Stollen steht übrigens eine Windmaschine und bläst künstlichen Modergeruch ins Freie. Gibt es eigentlich nicht in einem Salzbergwerk. Aber atmosphärisch dicht das alles, du wirst sehen.“

Moser schlug ein neues Blatt auf und zeichnete einen Totenkopf. „Der Mann im Salz, Daniel! Jetzt wird ihm auf den Pelz gerückt. Aus den Tiefen des Berges dröhnt mächtig ein Gong, unten in Hallstatt läuten alle Kirchenglocken und die Sirene von der Feuerwehr heult. Also was sagst du, ehrlich?“

„Gewaltiger Aufwand, sicher effektvoll. Aber mehr Spektakel als die Präsentation von Forschungsergebnissen.“

„So ist es. Mit Speck fängt man Mäuse. Dafür wird im Berg schlanker inszeniert. Da sind wir aber noch am Tüfteln. Du kannst dir denken, dass es jede Menge Empfindlichkeiten und Eitelkeiten zu berücksichtigen gilt. Und dieser Werner Klampfl will sich auch nicht recht in die Karten schauen lassen. Jedenfalls ist mit ihm vereinbart, dass er sich so nahe an die mögliche Fundstelle heranarbeitet, dass zwar noch nichts klar ist, aber doch feststeht, dass etwas gefunden wird."

„Was muss ich dabei tun?"

„Reden nicht, es sei denn, du bestehst darauf. Aber wir haben uns gedacht, dass du und der Archäologe, dass ihr gemeinsam das letzte Material wegräumt. Und was dann passieren wird, mein lieber Daniel Käfer, widerwilliger Schicksalsgenosse, das wissen wir alle nicht – ist mit dem TV-Team, das die Exklusivlizenz hat, so ausgemacht."

„Du pokerst schon wieder verdammt hoch, Marc."

„Na und? Das ist wie mit dem Hitlerschatz im Toplitzsee. Egal, ob was gefunden wird oder nicht, meine geliebte Heimat kommt in meinen geliebten Medien vor."

„Und ich bin dir egal?"

Marc Moser starrte seinen Gast verständnislos an. „Egal? Wie kommst du darauf, Daniel? Wenn's dich nicht gäbe, ich würde dich glatt erfinden."

24

„Also alles klar, Daniel? Um dreizehn Uhr bist du im Seewirt. Dann besprechen wir die Details. Etwas noch vorab: Hast du einen langen schwarzen Mantel und vielleicht noch einen schwarzen Hut mit breiter Krempe? Wirkt kreativ, so was."

„Hab ich nicht."

„Dann kauf das Zeug gleich noch heute, und ich bekomm die Rechnung."

„Kein Hut, ich weigere mich."

„Na gut, kein Hut. Soll noch einer sagen, dass ich nicht einfühlsam bin."

Am Morgen des folgenden Tages hatte Käfer Angst davor, die Balkontür zu öffnen. Bei Marc Moser konnte man ja nie wissen. Gut möglich, dass schon ein Fernsehteam auf den Publizisten und Hobby-Archäologen lauerte, wie er schlaftrunken und zerknittert den Morgen seines großen Tages begrüßte. Von wegen groß. Er setzte sich auf die Bettkante und schaute zum schwarzen Mantel hinüber. Er hatte sich das Kleidungsstück doch tatsächlich gekauft, war bereit, diese Narretei mitzumachen. Ein Klopfen an der Tür und dann Arnold Lobissers Stimme. „Wenn's recht ist, richten wir das Frühstück in der Werkstatt her. Da haben Sie wenigstens Ihre Ruhe."

„Danke!"

„Ich hoffe, Sie haben nichts gegen einen zweiten Asylanten einzuwenden." Lobisser legte seine rechte Hand auf die linke Schulter von Eustach Schiller. „Er möchte heute Nachmittag dabei sein, empfindet das Spektakel rundherum aber als Zumutung. So ganz bleiben wir übrigens nicht einmal hier im Haus davon verschont."

Wie zur Bestätigung erklang von draußen ein dumpf hallendes *UNTERWEGS IN DIE TIEFE DER ZEIT*. Schiller warf einen bösen Blick zum Fenster hin. „Hallstatt hat schon viel überstanden, aber diese Heimsuchung ... entwürdigend, ich kann's nicht anders nennen. Welche Rolle wurde Ihnen zugedacht, Herr Käfer?"

„Ich stehe kreativ wirkend am Tatort herum und darf zum entscheidenden Zeitpunkt bedeutungsvoll am Salzgebirge schaben."

„Ja, und dann passiert es." Schillers Gesicht war ernst geworden, er legte die Fingerspitzen aneinander. „Der Berg gibt sein Geheimnis preis oder etwas in dieser Art. Profis bereiten für solche Situationen alle nur denkbaren Möglichkeiten vor, eindrucksvoll zu reagieren: bescheiden triumphierend, maßvoll zufrieden oder auch, *worst case* – heutzutage muss es ja Englisch sein –, hellauf verzweifelt, doch stilvoll gelassen. Haben Sie schon geübt vor dem Spiegel, Herr Käfer?"

„Nein. Und ich denke nicht daran, es zu tun. Gleich, was herauskommt. Ich lasse den Archäologen reden und ziehe mich zurück."

„Das wird Ihnen nicht gegönnt sein. Ich sehe schon Marc Moser vor mir, mit einer mehr als prall gefüllten Interviewliste. Frauenzeitschrift, Reisemagazin, Gärtnerpostille, Fernsehen zwischendurch, einmal Wissenschaft, einmal Gesellschaft, einmal Kultur, oder alles auf einmal, Lokalradio, das Zentralorgan der Kleintierzüchter, ein Talk-Show-Redakteur, ein Edutainment-Mensch, der alles besser weiß als wir alle, die *Alpenpost*, der *Traunspiegel*, der *Spiegel* aber vielleicht auch. Sie werden bald nicht mehr wissen, wer Sie sind, mit wem Sie reden und worüber. Und sollten Sie sich verweigern, macht Sie das mediale Kollektiv in seltener Einmütigkeit fertig."

„Gnade."

„Sei Ihnen gewährt!" Jetzt trug Schiller wieder sein vertrautes Lächelgesicht. „Ich werde mit dem Herbert Stadler von der *Alpenpost* reden. Vielleicht lässt er Sie für diesmal ungeschoren. Den Rest kann ich Ihnen leider nicht ersparen."

„Sehr witzig. Aber eines richtet mich auf: Spätestens morgen früh ist alles vorbei, so oder so."

„Und Sie sind ein gemachter Mann oder eine Zielscheibe der Spötter. Letzteres lässt sich natürlich vermeiden. Eine edle Selbstertränkung im Hallstätter See würde Ihr Angedenken zumindest in die Nähe des bayerischen Märchenkönigs Ludwig II. rücken."

„Sie machen mir Spaß, Herr Schiller."

„Freut mich. Denkbar wäre es natürlich auch, dass Sie flackernden Blicks und wilde Schreie ausstoßend erst den Marc Moser und dann den Archäologen erwürgen, bevor Sie sich widerstandslos abführen lassen. Einzelzellen, habe ich mir sagen lassen, erreichen zuweilen die therapeutische Wirkung eines kontemplativen Urlaubs hinter Klostermauern."

Arnold Lobisser lächelte breit. „Die reine Herzensgüte spricht aus Ihnen, Herr Schiller. Und Sie, Herr Käfer, greifen jetzt einmal ordentlich zu, denn viel Zeit zum Essen werden Sie heute nicht mehr haben. Und dann denken Sie einmal an die letzten paar Tausend Jahre. Was ist da nicht alles passiert in Hallstatt und wie wenig hat sich geändert?"

„Guter Gedanke. Um eins muss ich im Seewirt sein. Was mach ich nur in der Zwischenzeit? Das Affentheater hier tu ich mir jedenfalls nicht an."

„Na klar. Ich bring Sie in die Holzfachschule, dort sucht Sie keiner. Und vielleicht lernen Sie ja sogar noch was dazu?"

„Da ist er! Ich kann's nicht glauben! Daniel, du bringst mich noch ins Grab. Sieben Interview-Termine hab ich platzen lassen müssen. Drei Foto-Shootings und ein Shakehands mit dem Androsch. Ist einfach nicht da, der Herr Star. Ist das professionell?"

„Nie was von Starallüren gehört, Marc? Ich war in der Holzfachschule. Dort hat mir die Anna das Sägen, Raspeln und Schleifen beigebracht. Es war ja nur vereinbart, dass ich um eins im Seewirt sein soll. Und da bin ich, pünktlich auf die Minute."

„Da ist er. Da ist er." Moser beherrschte sich mühsam. „Ab sofort gilt: Let's fetz. Der Countdown läuft. Wir haben nur noch knappe zwei Stunden. Immer noch Zeit genug für die wichtigsten Interviews. Dieser Werner Klampfl verschanzt sich im Berg, der Hans Gruber will dem Archäologen nicht vorgreifen, bleibst also nur du."

„Und ich habe nichts zu sagen."

„Das stört keinen Menschen."

„Mich schon. Also keine Interviews vorher; und nachher hätte ich auch lieber meine Ruhe."

„So. Hättest du. Wirst du aber nicht haben. Und jetzt bitte zum Mitschreiben: Gleich nach unserem Gespräch gehst du mit mir auf den Marktplatz und trinkst Met mit ..."

„Entschuldige, wenn ich dich unterbreche, Marc. Ich werde den Auftrieb am Marktplatz meiden wie die Pest und Met trinke ich nicht einmal mit mir selber."

„Letztes Wort?"

„Letztes Wort."

„Keine Zeit zum Streiten. Um zwei kümmerst du dich um eine Gruppe von Leuten, die wichtig sind, aber nicht wichtig genug für mich. Geistig anspruchsvoller Zeitvertreib, du weißt schon. Urgeschichtsmuseum, die Ausgrabungen vom Fritz Janu und so."

„Dazu kenn ich mich zu wenig aus. Und die Trinkgelder für Fremdenführer sind heutzutage auch nicht gerade üppig. Nein danke."

„Dein Ernst?"

„Mein Ernst.“

„Ab drei wirst du mit der Seilbahn zwischen Tal- und Bergstation pendeln, damit alle wichtigen Leute das Gefühl haben, sie wären mit dir gefahren.“

„Als Kind wollte ich schon einmal Schaffner werden. Hat sich aber dann gelegt.“

„Du lehnst ab?“

„Kategorisch.“

Jetzt schrie Marc Moser los. „Ja, was wirst du denn überhaupt tun, du fauler Hund du?“

„Pünktlich am Tatort sein.“

Käfer war seine Rolle als Spielverderber nicht leichtgefallen. Doch zu seinem eigenen Erstaunen stellte er fest, dass er in den letzten Stunden Abstand gewonnen hatte. Abstand zu diesem merkwürdigen Tag und zu sich selbst. Er war nicht mehr bereit, sich treiben zu lassen. Inzwischen gelang es ihm auch ganz gut, diesen prähistorischen Rummel wegzufiltern, der Hallstatt schier zum Überlaufen brachte. Er ignorierte neugierige Blicke, klebriges Lächeln und jeden Versuch, ihn anbiedernd ins Gespräch zu ziehen. Der Himmel war grau, die Luft sehr kühl. So konnte Käfer, in seinen neuen Mantel gehüllt, relativ ungestört im Seegarten des Bräugasthofes sitzen und Bier trinken. Rechtzeitig begab er sich zur Seilbahn und wanderte dann ohne Hast durch das Hochtal zum Portal des Christina-Stollens, wo schon viele Menschen vor der großen Projektionsfläche warteten. Käfer sah ein paar bekannte Gesichter. Es blieb aber keine Zeit für Begrüßungen. Hans Gruber kam eilig auf ihn zu. „Schön, dass Sie da sind, Herr Käfer. Eins kann ich Ihnen jetzt schon sagen: Die Neuigkeiten aus dem Berg sind aufregend, wirklich.“

„Ja dann.“

Gruber ging zügig voran und Käfer folgte ihm auf dem nunmehr schon vertrauten Weg in den Berg. Jetzt spürte er doch wieder Unruhe in sich und stärker als je zuvor empfand er sich als Eindringling. Der Stollen schien noch enger geworden zu sein und die ungeheure Last des Gebirges über seinem Kopf noch bedrückender.

Schon in einiger Entfernung vom vermeintlichen Fundort war das Licht von Scheinwerfern zu sehen.

„Herr Käfer! Glückauf!" Werner Klampfl hatte sich aus einer kleinen Gruppe von Leuten gelöst und war seinen Besuchern entgegengekommen.

„Glückauf! Was macht die Archäologie?"

„Was sie immer macht." Klampfls Gesicht war ernst. „Also wenn Sie mich fragen, ist diese Art von Ausgrabungsshow keine adäquate Form, Forschungsergebnisse zu präsentieren. Vor allem, wenn solche noch gar nicht gesichert vorliegen."

„*Spectacles müssen sein.* Hat Maria Theresia gesagt, Herr Dr. Klampfl."

Jetzt schob sich Marc Moser wie ein Mensch gewordener Keil zwischen die beiden. „Schluss jetzt und weiter im Programm. Herr Dr. Androsch, darf ich Sie ersuchen ... Medienmogul und Salzfürst ist die Devise."

„Nur keine Übertreibungen. Grüß Gott, Herr Käfer! Spannend, nicht wahr? Und viel Erfolg wünsch ich."

„Es wird uns nichts anderes übrig bleiben."

„Das fürchte ich auch."

Jetzt erst bemerkte Käfer die auf ihn gerichtete Fernsehkamera. „Bestens, das wär's dann." Marc Moser schob ihn aus dem Bild. „Jeder auf seinen Platz jetzt. Da vorne ist die Fundstelle. Kamera an die Front, gleich dahinter Gruber, Klampfl und Käfer, die müssen agieren. Und der Rest dahinter. Hans, sag was!"

Gruber trat zögernd vor die kleine Gruppe. „Glückauf! Ich stehe hier sozusagen als Gastgeber. Zu dem Ereignis heute gibt es für mich nur wenig zu sagen. Vielleicht so viel: Leute, die im Berg arbeiten, haben eine starke und traditionsreiche Beziehung zu ihrem Beruf und zur Welt unter Tag. Hier, im Salzberg von Hallstatt, wird schon sehr lange Salz bergmännisch abgebaut. Unser Selbstverständnis hat, wie soll ich es sagen, sehr tief reichende Wurzeln. Darum arbeiten wir auch so gerne und intensiv mit unseren Forschern hier zusammen. Und dass unser oberster Chef dafür Verständnis hat, freut uns auch."

Marc Moser applaudierte demonstrativ, einige andere klatschten auch. Dann fuhr Hans Gruber fort. „Das war es eigentlich schon, was ich sagen wollte. Wir alle sind sehr gespannt darauf, was uns dieser Nachmittag bringen wird."

Jetzt schob Marc Moser den Archäologen nach vor. Werner Klampfl war blass, wirkte verkrampft. „Glückauf! Interesse an unserer Forschungsarbeit ehrt uns und freut uns immer. Ich will Sie nicht mit Details langweilen, die Sie ohnehin in Ihren Unterlagen vorfinden werden. Nur kurz zu dieser Grabung. Angeregt durch die dankenswerten Hinweise und Unterlagen, die uns Herr Käfer zur Verfügung gestellt hat – und nicht zuletzt mit Unterstützung der Österreichischen Salinen –, sind wir in einem Bereich tätig geworden, der an sich nicht als vorrangig eingestuft wurde. Bald haben wir aber Anzeichen dafür gefunden, dass es hier für uns doch interessanter sein könnte als ursprünglich angenommen. Schließlich ist es vor wenigen Tagen gelungen, Teile jener prähistorischen Stiege freizulegen, die Sie auf Ihrem Weg gesehen haben. Ein Fund von einiger, ich möchte sagen, von enormer Bedeutung. Inzwischen haben uns auch anderswo Reste von Kienspänen und einige Werkzeugspitzen darauf hingewiesen, dass unsere Suche möglicherweise noch nicht am eigentlichen Ziel angelangt ist." Klampfl trat jetzt näher an eine Nische in der Stollenwand heran. „Sie werden es aus der Entfernung kaum wahrnehmen, aber ich kann hier aus der Wand ragende Haare erkennen, die darauf hindeuten, dass im Gebirge ein Fremdkörper eingeschlossen sein dürfte. Herr Käfer? Ich soll Sie um Ihre Hilfe bitten."

Käfer nahm nervös das angebotene Werkzeug und versuchte dem Archäologen, der jetzt sorgsam Schicht um Schicht des Materials abtrug, in seiner Arbeitstechnik zu folgen. Dann spürte er eine Hand Klampfls auf dem Unterarm. „Schluss jetzt, Herr Käfer. Ich bin auf etwas wie Fell gestoßen. Es wird heikel. Jetzt dürfen nur noch meine Kollegen und ich weiterarbeiten."

Nun war fast die ganze Fundstelle von den Körpern der Forscher verdeckt. Für Käfer dauerte es unerträglich lange, bis Klampfl sich endlich zu den gebannt wartenden Zuschauern umdrehte. Jetzt war sein Gesicht weiß.

„Ich muss Ihnen eine große Enttäuschung bereiten. Wir haben zwar einen toten Körper gefunden, doch er stammt nicht aus urgeschichtlicher Zeit. Ein Reh, vermutlich gewildert und dann hier im Berg versteckt. Mit den Jahren ist die damals vorhandene Öffnung durch den Gebirgsdruck zugewachsen. Es tut mir leid für uns alle."

25

Der Archäologe räusperte sich. „Bitte glauben Sie jetzt nicht, dass uns Herr Käfer getäuscht oder in die Irre geführt hat. Wir sind von ihm auch über Zweifel und Bedenken stets informiert worden. Ja, das war es dann wohl. Ich gehe wieder an die Arbeit."

Scheinwerferlicht blendete Käfer. Jetzt war die Kamera auf ihn gerichtet. Dann stand er wieder im Schatten, denn Marc Moser hatte sich energisch ins Bild geschoben. „Wenn es hier einen gibt, der getrickst hat, dann heißt er Marc Moser. Ich habe den Daniel Käfer da hineingedrängt. Details bei mir, offen und rückhaltlos." Noch während Moser redete, spürte Käfer eine Hand in der seinen. Er schaute nach rechts und da stand Sabine. „Du hier?"

„Dort, wo mein Platz ist, Daniel. Keine Widerrede."

„Wo werd ich." Dann wieder grelles Licht und diesmal auch Fragen. Käfer antwortete mechanisch, hielt sich einfach an die Wahrheit. Irgendwann war es vorbei, er stand wieder im Halbdunkel und hörte hinter sich Lachen. Eine zweite Stimme kam dazu, dann lachten viele. Daniel Käfer und Sabine Kremser standen alleine da. Marc Moser tat sein Bestes, um die Dinge zurechtzurücken, doch niemand interessierte sich wirklich dafür.

Als die Gespräche allmählich verebbten und das TV-Team mit den Interviews fertig war, unterbrach Werner Klampfl seine Arbeit und kam auf Käfer zu. „Mir ist noch etwas eingefallen. Bitte glauben Sie mir, dass wir keine Ahnung hatten, was wir finden würden. Die Haare ... Fell, Kleidung, das und nur das war unsere Vermutung, mehr nicht. Alles andere wäre doch wirklich geschmacklos gewesen." Klampfl unterbrach sich, weil er Rufe hörte. „Entschuldigen Sie, Herr Käfer, ich muss zurück. Da tut sich was."

Wieder wandten sich alle Blicke der Fundstelle zu. Der Rehkadaver war inzwischen aus dem Gebirge herausgelöst worden und lag auf dem Boden. Klampfl verschwand mit dem Oberkörper in der nun tiefer gewordenen Höhle. Nach wenigen Minuten kroch er hervor und wandte sich den Gästen zu. Käfer erschrak, weil er in den Augen des Archäologen Tränen sah. Die Lippen zitterten, doch dann gab sich Klampfl einen Ruck und redete. „Hinter der ersten Fundstelle ... es ist unfassbar ... ein Lederschuh, prähistorisch, ganz ohne Zweifel, ein zweiter, dann ein Fetzen Kleidung ... wir sind auf dem Weg, verdammt noch einmal, wir sind auf dem Weg!"

Klampfl wandte sich ab, als schäme er sich seiner Erregung. Er drehte sich um und ging auf Daniel Käfer zu. Die beiden Männer schauten einander in die Augen, schwiegen einträchtig, und dann waren sie es, die lachten. Wieder Scheinwerferlicht und Kamera und Fragen. Und immer andere Leute, die mit Käfer reden wollten. Und natürlich Marc Moser, laut, strahlend, nicht mehr zu bändigen. Unter Entschuldigungen befreite sich Käfer und drängte sich zu Sabine durch, die wartend ein wenig abseits stand. „Danke, du!"

„Gern geschehen, Glücksritter." Sie trat gegen sein Schienbein. Er stöhnte lustvoll und lachte. „Das ist schon das zweite Mal in zwei Wochen."

„Wer hat damit angefangen?"

„Die Anna. Erinnerst du dich nicht?"

„Jetzt schon. Kluges Kind."

Und da war wieder Marc Moser. „Für die Balz ist später Zeit. Draußen wartet der große Journalistentross. Und diesmal entkommst du mir nicht, Daniel."

Käfer stellte sich. Käfer war geduldig. Käfer fand sich wie ein Fisch im vertrauten Wasser wieder. Nichts wie Medienleute, Leute wie er: die Klugen und die Rosstäuscher, die Abstauber und die Substanziellen, die

Dummschwätzer und die Präzisen, die Seriösen und die Desperados. Und da war natürlich auch Georg Schachermayer. „Daniel! Ich vermute, du hast mehr Glück als Verstand gehabt. Aber es war grandios. Wo finde ich dich morgen?“

„Keine Ahnung. Kompliment übrigens, und danke. Wie schaffst du das? Ein Pitbull mit Beißhemmung?“

„Sentimentalität. Journalistische Alterskrankheit. Bis bald hoffentlich.“

„Ja. Wird mich freuen.“

Und auch noch Bernd Rösler. „Ich muss doch nicht betonen, dass du der Größte bist, Daniel. Ich spreche natürlich auch im Namen des Konzerns.“

„Natürlich, Bernd, wie immer.“

Marc Moser schob Rösler zur Seite. „Und jetzt, mein Bester: die finale Runde.“ Er überflog seine Liste.

„Nein, Marc. In aller Freundschaft. Schluss für heute, mir reicht's.“

„Freundschaft?“ Moser wirkte irritiert, mehr noch, verstört.

„Ja. Du bist zwar eine Geißel der Menschheit, aber nach und nach entdecke ich masochistische Züge an mir.“

Moser senkte den Kopf. „Darüber denke ich erst einmal nach.“

„Störe ich?“ Sabine stand neben den beiden. Käfer zog sie an sich. „Nein. Wir sind fertig miteinander, sozusagen, der Marc und ich.“

„Ich habe dir jemanden mitgebracht, Daniel.“

Jetzt erst nahm er Gerhild Gamsjäger wahr.

„Ich möcht' mit Ihnen reden, Herr Käfer, wird eine Zeit dauern.“

„Sie haben Glück mit Ihrer Freundin. Mehr als Sie verdienen.“

„Weiß ich."

„Nichts wissen Sie. Gehen wir ein Stück?"

Bald war nur noch das Geräusch der Schritte zu hören. Der Himmel, grau den ganzen Tag über, war dunkler geworden.

„Sie waren verreist, Frau Gamsjäger."

„Nicht weit weg, in Ischl. Aber weit genug, um in Ruhe gelassen zu werden von Ihnen und den anderen. Zu erledigen war auch was."

„Haben Sie das mitbekommen vorhin, mit dem Reh und den Fundstücken dahinter?"

„Ja. Ich bin unheimlich froh und erleichtert, dass es so gekommen ist. Jetzt erzähl ich Ihnen was. Hat nichts mit uns zu tun, oder doch." Sie blieb stehen. „Wie bin ich denn so in Ihren Augen?"

Käfer lachte unsicher.

„Was ist so lustig dran?"

„Na ja, die Maria Schlömmer wollte vor ein paar Tagen von mir wissen, wie sie denn ist, die Frau Gamsjäger."

„Und Ihre Antwort?"

„Interessant. Sagt die Maria darauf: Also schiach. Und ich: Aber nein."

„So, so." Sie schaute sich um. „Wissen Sie, dass ich heute das erste Mal hier heroben im Hochtal bin? Befreiend irgendwie, diese Landschaft. Kann man sich unten am See gar nicht vorstellen, dass es gleich um die Ecke so viel Platz gibt zum Leben und Atmen. Zum Sterben natürlich auch, wenn ich an das Gräberfeld denke. Der Sepp hat oft davon geredet. Darum hat's mich ja nie besonders interessiert."

„Da komm ich jetzt nicht mit."

„Meine Schuld, weil ich in der Mitte angefangen habe. Also zurück in die 70er Jahre. Ein Mädchen, schwarzhaarig und rotzfrech, das auch noch Gerhild heißt. Mögen hat mich niemand, gefallen hab ich mir aber auch nichts lassen. Mit fünfzehn der erste Freund. Der ist mir aber bald davongerannt, weil er es mit der Angst zu tun bekommen hat."

„Dummkopf."

„Sagen S' das nicht. Heute ist er Bürgermeister, aber nicht in einem Nest wie Hallstatt, hat eine kugelrunde Frau und drei kreuzbrave Kinder. Mit mir zusammen wäre er heute wahrscheinlich arbeitslos und Alkoholiker. Ein paar Jahre später ist mir dann der Sepp ins Auge gefallen. Leider nicht nur mir. Schneidig hat man damals zu dieser Sorte von Burschen gesagt. Fesch war er auch, aber nicht auf die schöne Art, mehr so abenteuerlich schräg. Ja und gar so viele junge Männer, die halbwegs was getaugt haben, hat's schon damals nicht bei uns gegeben."

„Und in Goisern, in Ischl, in Aussee?"

„Gehn S'! War doch Ausland! Hätt' ich mir gleich einen Neger nehmen können. Die Jagdsaison auf den Sepp war also eröffnet. Und er hat sich gerne jagen lassen und fangen natürlich auch."

„Und Sie, Frau Gamsjäger? Einmal kurz aufgelauert, Blattschuss?"

„Was nicht noch alles? Leider war keine Red davon. Aber ich war ein heimtückisches kleines Luder. Hilli, hab ich mir gesagt. Wenn alle anderen auf ihn scharf sind, muss er dir egal sein, mehr als egal."

„Und das haben Sie durchgehalten?"

„Ist ja recht lustig gewesen. Und sehr abwechslungsreich. Ich war damals mit so ziemlich jedem Hallstätter Burschen im Bett. Nur nicht mit dem Sepp, nie und nimmer."

„Und was haben Ihre Eltern dazu gesagt?"

„Eltern? Der Vater war schon unter der Erd. Selbstmord durch Gift, der Feigling. Und die Mutter war froh, wenn ihre schwer erziehbare Tochter wenigstens nicht zuhause war. Nebensache. Jedenfalls hat es den Sepp irgendwann gewurmt, dass er mich nicht interessiert. Und er hat es dann doch probiert bei mir. Na, mehr hat er nicht gebraucht, der schöne, wilde Mann. Ich bin von einem Tag auf den anderen keusch geworden, aber so was von keusch. Nicht einmal küssen hat er mich dürfen. Kannst alles nachholen, Seppi, hab ich ihm gesagt. Aber erst wird geheiratet."

„Und damit war sein Schicksal besiegelt."

„Schon. Er hat mich zur Frau Gamsjäger gemacht. Aber nur, um sich zu rächen. Vom ersten Tag an hat er mich betrogen, mit Frauen, mit der Felswand, mit der Wilderei und mit dem Salzbergwerk. Alles war ihm wichtiger."

„Aber der Gerd ist doch euer Kind?"

„Da war er besoffen, der Sepp."

„Jetzt weiß ich gar nicht mehr, was ich dazu sagen soll."

„Wie wär's mit nichts? Die Rolle der verhärmten und vergrämten jungen Frau ist mir jedenfalls so gar nicht gelegen. Als rachsüchtige Furie hätt' ich mir schon besser gefallen, aber das ist halt auch nichts auf die Dauer. So hab ich nach einer ziemlich kurzen Schrecksekunde damit angefangen, es ihm mit gleicher Münze heimzuzahlen. Ich mach's kurz, um Ihr moralisches Empfinden nicht zu kränken, mein lieber Herr Käfer. Also, erst hat's einmal ganz Hallstatt gewusst und dann ist auch der Sepp dahintergekommen. Er wollt' mich aus dem Fenster werfen, ich hab ihn mit der eisernen Pfanne beruhigt und anschließend haben wir uns wieder vertragen. Wir waren gar kein schlechtes Paar zuletzt, wenn man davon absieht, dass wir nichts voneinander wissen wollten. Aber die Nachbarn, die Nachbarn, Herr Käfer! Und Nachbar ist in Hallstatt jeder. Wenn ein Mann jedem Rockzipfel nachrennt, ist er ein wilder Hund. Wenn eine Frau viele Männer hat, ist die Hur' schnell zur Hand."

„Und der Gerd?"

„Hat natürlich was gemerkt, Jahre später, als er alt genug war, um zu begreifen, und ich jung genug, es weiter zu treiben, als lustige Witwe. Aber er ist ja doch mein Bub. Er hat mich mehr gemocht als je zuvor. Wir sind nur noch enger zusammengerückt."

„Schön."

„Aber nicht ganz richtig. Nur – um das zu erkennen, hab ich Sie gebraucht, Herr Käfer. Und bevor Sie jetzt schon wieder was Unpassendes sagen, red ich schnell weiter. Nach Ihrem Unfall mit dem Gerd hab ich einiges klarer gesehen. Als Tochter war ich eine Katastrophe, als Liebhaberin eine Getriebene, als Ehefrau eine Versagerin. Aber als Mutter ... ja, und diese Mutter hat Sie gehasst, inbrünstig und voller Leidenschaft. Aber der Kopf hat gedacht: Er kann ja nichts dafür. Und eines Tages sind Sie mit diesem Kultbeil in der Tür gestanden, um mir zu sagen, dass ich Ihnen eine billige Imitation angedreht habe. Da ist der Zorn übermächtig geworden. Ich wollte Sie als Betrüger bloßstellen, so wie Sie mich zur Betrügerin gestempelt haben, Sie lächerlich machen, wie Sie mich lächerlich gemacht haben. Also her mit dem Grubenplan. Nach ein paar Schnäpsen hat ihn der Sepp einmal gezeichnet und mir vom gewilderten Reh erzählt. Ein paar Tage drauf ist er aus der Wand gefallen."

Gerhild Gamsjäger blieb stehen und schaute Käfer ins Gesicht. „Dann ist dieser Schiller zu mir gekommen und hat mir gebeichtet. Als Sie nachher bei mir waren, wollt' ich schon alles erzählen. Und Sie sind dagesessen, tapfer, fürsorglich, hilfsbereit, schwer von Begriff. Da ist die Mutter wieder stärker geworden, stärker als die Frau, die ... ach, was red ich."

„Und diese prähistorischen Fundstücke heute? Wirklich reiner Zufall?"

„Nein, der Sepp hat schon auch davon schwadroniert. Aber ich hab ihm kein Wort geglaubt. Nur heute war ich sehr froh darüber, dass er einmal in seinem Leben nicht gelogen hat, damals."

„Und was war in Ischl? Oder geht mich das nichts an?"

„Doch, ja. Ich war beim Notar. Das Haus in Hallstatt gehört jetzt dem Gerd. Ich zieh weg. Mit mir zusammen kommt der nie zu einer Frau, und erst recht zu keinem eigenen Leben. Das war's, Herr Käfer."

Sie umarmte ihn flüchtig. „Ich schau mich noch um hier, ist ja schön. Und Sie gehen dann. Die Sabine wird auch nicht ewig warten. Na, los schon!"

Käfer wandte sich unschlüssig ab. Nach ein paar Schritten ging er schneller und steckte die Hände in die Manteltaschen. Da war etwas. Schwer, metallisch, kühl.

Er starrte auf das Kultbeil in seiner Hand, drehte sich hastig nach Frau Gamsjäger um, sah aber nur ein weites, grasiges Tal und den Wald, der allmählich mit dem dunklen Himmel eins wurde.

Alfred Komarek
Daniel Käfer – Alle Salzkammergut-Romane in einem Band
584 Seiten, fest gebunden
€ 19.90
ISBN 978-3-7099-7160-4

Eine Hommage an das Salzkammergut und seine Bewohner: Als echtem Kenner von Land und Leuten gelingt es Alfred Komarek mit seinen Geschichten rund um den Journalisten Daniel Käfer, die einzigartige Atmosphäre der Region zwischen Gmunden und dem Ausseerland einzufangen. Geradezu ein Muss für Liebhaber des Salzkammergutes!

Alle Salzkammergut-Romane in einem Band:
– Die Villen der Frau Hürsch
– Die Schattenuhr
– Narrenwinter
– Doppelblick

www.haymonverlag.at

Alfred Komarek
Alt, aber Polt
Kriminalroman
200 Seiten, € 9.95
HAYMON taschenbuch 235
ISBN 978-3-7099-7880-1

Der neueste Band in der vielfach ausgezeichneten Krimi-Reihe rund um Simon Polt: Der ehemalige Gendarmerieinspektor ist zwar schon im Ruhestand, aber deswegen keineswegs aus der Welt. Aus seiner Weinviertler Kellergassen-Welt, um genau zu sein, denn Polt ist jetzt selber unter die Weinbauern gegangen. Nach einem dörflichen Sonntagstreffen wird Polts nächtlicher Heimweg unvermutet zu einem Schauspiel, das Polt gleichermaßen fasziniert und bedrückt. Als er tags darauf vom schrecklichen Ausgang dieses Spiel erfährt, steht er vor einem Rätsel, dessen Lösung er sich eigentlich nicht mehr zutraut. Aber er will Klarheit, jetzt erst recht!

Alfred Komarek spürt mit jeder Zeile klar und kraftvoll dem Lebensraum Weinviertel nach. Mit Leidenschaft setzt Polt sich für seine geliebten Weinviertler Dörfer und die Menschen dort ein – auch dann noch, wenn es wehtut oder zum Fürchten ist.

„Und nun ist Polt wieder da. ... Es gibt Wein und Wahrheit. Es gibt schöne Bilder. Es ist voller Poesie im Weinviertel.“
DIE WELT, Elmar Krekeler

„Bei niemandem gelingt das Gruseln so heimelig wie bei Alfred Komarek. Seinem Feingefühl verdanken wir die Untiefen der Gemütlichkeit und einen wie den Polt, der weiß, wie einfach kompliziert das Leben im Weinviertel sein kann. Der neue Polt gehört gelesen!“
Kurier, Barbara Mader

www.haymonverlag.at

Alfred Komarek
Die Villen der Frau Hürsch
Roman
184 Seiten, € 9.95
HAYMON taschenbuch 184
ISBN 978-3-7099-7807-8

Daniel Käfers erfolgreiches Berufsleben als Chefredakteur ist seit wenigen Wochen Vergangenheit. Jetzt will er im Ferienparadies seiner Kindheit, dem steirischen Salzkammergut, die Bilder von damals wieder leuchten lassen und über seine Zukunft nachdenken. Seine Spurensuche im Ausseerland lässt bald auch seine persönliche Vergangenheit in einem anderen Licht erscheinen. Wie war es wirklich um die sorgfältig gepflegte Tradition der gut bürgerlichen Familie bestellt? Vor allem das Schicksal jener verleugneten, verdrängten Mizzi Käfer, der „Ausseerin“, passt nicht ins wohl geordnete Bild. Ihr sehr bescheidenes Leben als Dienstbotin, zuletzt in der Villa der Frau Hürsch, und ihr rätselhafter Tod geben den Blick frei in eine Welt der Ausbeutung und des Elends. Aber auch der märchenhaften Schicksalsfügungen ...

Alfred Komarek erzählt in seinem ersten Roman aus dem Salzkammergut spannend und facettenreich. Und er bietet die ebenso hintergründige wie pointierte Sicht auf eine der interessantesten Kulturlandschaften Österreichs.

www.haymonverlag.at